SIX MOIS DE SÉJOUR

AU CHATEAU

DES ROCHERS

DE Mme DE SÉVIGNÉ,

OU

SOUFFRANCE ET REPOS.

PAR Cte LA THÉBEAUDIERE.

TOME PREMIER.

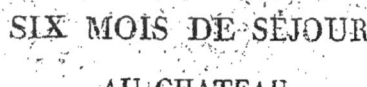

PARIS.

PIGOREAU, PLACE SAINT-GERMAIN-L'AUXERROIS.
RENDUEL, RUE DES GR.-AUGUSTINS, N. 22.
CORBET, QUAI DES AUGUSTINS.
LECOINTE, QUAI DES AUGUSTINS, N. 49.
POUSSIN, RUE DE LA TABLETTERIE, N. 9,
ET RUE DES CORDIERS, N. 7.

1830.

SIX MOIS DE SÉJOUR

AU CHATEAU

DES ROCHERS.

PARIS, IMPRIMERIE DE POUSSIN,
RUE DE LA TABLETTERIE, N. 9.

(les voilà ! les voilà !)

Vue du Château des Roches

SIX MOIS DE SÉJOUR

AU CHATEAU

DES ROCHERS

DE Mme DE SÉVIGNÉ,

ou

SOUFFRANCE ET REPOS.

PAR CH. LA THÉBEAUDIÈRE.

TOME PREMIER.

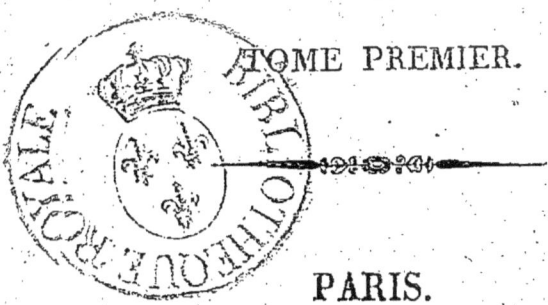

PARIS.

PIGOREAU, PLACE SAINT-GERMAIN-LAUXERROIS.
RENDUEL, RUE DES GR.-AUGUSTINS, N. 22.
CORBET, QUAI DES AUGUSTINS.
LECOINTE, QUAI DES AUGUSTINS, N. 49.
POUSSIN, RUE DE LA TABLETTERIE, N. 9.
ET RUE DES CORDIERS, N. 7.

1830.

AVIS AU LECTEUR.

———◦——

Un beau jour d'automne, il me prit envie, et pour cause, d'aller seul visiter le château des Rochers et ses dépendances. Ce n'était pas une simple promenade, entreprise dans le but de faire de l'exercice, ou pour contenter ma curiosité. Je

connaissais déjà ces lieux célèbres
depuis bien long-temps; mais il
fallait les revoir, afin de vérifier
mes souvenirs, parce qu'une jeune
dame, qui vivait à Paris dans le
grand monde, m'avait demandé plusieurs fois la description exacte de
ce site pittoresque, et une peinture
fidèle de l'aspect varié que présente
cette partie de la Bretagne aux différentes époques de l'année, le printemps et l'automne principalement.
Je partis donc à pied (c'était un
jeudi, je crois,) de la petite ville
que j'habite ordinairement, et qui
n'est distante que d'une lieue du
château des Rochers. Arrivé au but
de ma course solitaire, on me per-

mit, dans l'absence du propriétaire
actuel *, qui certainement m'aurait
accordé la même faveur, de circuler
partout librement, dans l'intérieur
du château, le parc et les jardins.
A chaque pas que je faisais, les
lettres de madame de Sévigné me
servaient, pour ainsi dire, de guides.
Pendant que j'errais lentement dans
les sombres allées du parc, je par-
vins, avec le secours de mon imagination, à ramener le passé au
présent, au point de me figurer là,
à quelque distance de moi, dans ce
château dont je voyais des fenêtres
ouvertes, une réunion choisie, com-

---

* M. Isidore des Nétumières, homme fort obli-
geant.

posée des personnes dont madame
de Sévigné aimait le plus à s'entourer. Continuant toujours mon
rêve, qui me présentait un autre
tableau, bientôt je m'imaginai l'a-
percevoir elle-même s'avançant seule
vers une des cellules du parc pour
écrire à sa fille, loin des distractions
et du bruit, sans avoir à craindre
de nouveaux importuns, après le dé-
part si impatiemment attendu d'une
chienne de carrossée.... Mais enfin
je cessai de rêver, me rappelant
le motif de ma promenade. Je fis
donc ma ronde, comme un nouvel
acquéreur, visitant en détail le domaine sur lequel il vient jeter les
premiers regards d'une heureuse

possession, ou plutôt comme un peintre-écolier qui cherche des sujets de paysage, et se trouve embarrassé du choix. Je portais sur moi un crayon et quelques feuilles de papier blanc. Ayant vu attentivement tout ce que je voulais examiner avec soin, un peu las de mes courses obligées, je vins m'asseoir au pied d'un arbre de la grande allée du parc, pour confier de suite à mon *album* un croquis dont je pouvais sur-le-champ m'assurer de l'exactitude, en le comparant aux objets que j'avais en quelque sorte sous les yeux. Madame de Sévigné, ou les personnes qui se mouvaient autour d'elle comme les satellites

d'une planète, ne m'apparaissaient
plus en songe : j'étais rendu à la
réalité, tout occupé de complaire à
la dame qui m'avait envoyé prome-
ner. En cherchant une expression
qui semblait me fuir, je vins à lever
les yeux involontairement. Mes regards se portèrent alors sur un vieillard à cheveux blancs, qui, debout,
appuyé sur un bâton, paraissait me
regarder avec attention. Je le saluai
d'abord sans me lever ; aussitôt il
s'approcha de moi, ce qui me fit
aller à sa rencontre. « Monsieur, me
dit-il en m'abordant, vous venez
sans doute ici recueillir quelques
souvenirs (pardon si je suis indiscret)? Le nom de madame de Sé-

vigné nous attire beaucoup d'étrangers. — Seriez-vous habitant de ce
château? lui demandai-je. — Mon
Dieu non, me répondit-il, mon sort
est beaucoup moins brillant que celui du propriétaire : je ne suis que
son pauvre voisin. Retiré du monde,
et aimant beaucoup la solitude, je
passe ma vie dans cette vallée qu'on
découvre en grand de la terrasse du
jardin, et où je possède un petit ermi-
tage qui suffit à mon ambition. Avec
l'agrément du maître, je visite ce
domaine quand il me plaît ; mais
j'y viens chercher d'autres souvenirs
que ceux qui flattent la mémoire
des étrangers. On ignore commu-
nément que ces lieux en renferment

de bien tristes. Leur récit est là,
ajouta-t-il en me montrant un manuscrit qu'il tenait roulé entre ses
mains. C'est sur le lieu des scènes
les plus touchantes que j'aime à le
relire. Ces noirs sapins que vous
voyez là-bas sont encore des témoins vivans, comme tout ce qui
nous entoure. »

Ma curiosité fut excitée par ce
discours, et je désirai en connaître
la suite. Le vieillard me raconta
alors en peu de mots l'histoire con-
tenue dans son manuscrit, que j'eus
envie de lire en entier. Il voulut
bien me le confier de suite. Après
l'avoir parcouru à la hâte, et sans
m'éloigner, pendant que le vieillard

examinait lui-même mes esquisses,
une autre demande me fut accordée
de bonne grâce. Il me permit d'em-
porter son manuscrit pour en tirer
une copie, dont je joignis l'envoi à
celui de mes dessins. La jeune
dame à laquelle le tout fut adressé,
s'empressa de me rendre compte de
ses émotions, en m'engageant à ar-
ranger cela pour l'imprimeur. D'accord avec le vieillard que j'ai souvent visité depuis, et qui m'a laissé
maître de disposer de son manuscrit
à mon gré, je donne au lecteur
l'œuvre telle qu'elle est aujourd'hui,
après y avoir seulement encadré quelques dessins ou croquis de ma façon.
S'il y trouve par-ci par-là descrip-

tions un peu longues et tableaux qui lui causent de l'ennui, ce n'est pas tout-à-fait ma faute. Qu'il veuille bien se souvenir du mode de composition de l'ouvrage dont c'est là la préface.

Paris, 1ᵉʳ décembre 1829.

CH. LA THÉBEAUDIÈRE.

N. B. Deux scènes, qui se trouvent dans le second volume de ce petit ouvrage, ont des traits de ressemblance avec un roman bien connu. Je ne crains point le reproche d'imitation, parce que l'invention du sujet et les détails du fond ne m'appartiennent en rien. Au surplus, il peut arriver qu'une fiction se réalise en quelque chose, et alors tout devient comforme dans le récit, parfois même l'expression.

/

SIX MOIS DE SÉJOUR

AU CHATEAU

DES ROCHERS.

CHAPITRE PREMIER.

—

INTRODUCTION.

Vue des Rochers et des environs.

A cette époque de l'année où la saison des frimas se retire peu à peu devant le joyeux cortége qui précède l'arrivée du printemps, chaque site commence à se revêtir de ses beautés naturelles ; les eaux débordées rentrent dans le lit des rivières ; la terre, détrempée de pluies abondantes, se raffermit ; l'uniformité d'une teinte

sombre et grisâtre disparaît lentement sous le rézeau d'une verdure
renaissante, et entremêlée, çà et
là, de quelques fleurs empressées
d'éclore à la douce influence des
premiers soleils de mars. Partout se
font sentir ces effets périodiques
d'un changement gradué. Mais la
nature, si différente d'elle-même,
suivant les lieux où le voyageur s'arrête, si variée dans ses productions,
dans ses aspects toujours nouveaux,
ne présente que tableaux mobiles.
Cependant elle retient de loin en
loin quelques traits distinctifs d'une
physionomie limitative. Au premier
aperçu, on reconnaît un pays à ses
formes particulières. En Bretagne,
il est montueux, couvert d'arbres,
divisé en petits champs la bourés par
soles, et qui sont enclos de haies
bien plantées de chênes et de châ-

taigniers. Des pommiers, rangés sur
plusieurs lignes, et placés à une
égale distance les uns des autres,
occupent le milieu des pièces de
terres cultivées. Assis sur une émi-
nence d'où l'on puisse découvrir une
certaine étendue de terrain, on
éprouve une véritable illusion qui ne
manque jamais son effet : les arbres,
fuyant en perspective, semblent tellement se resserrer vers l'horizon,
qu'ils présentent, dans le lointain,
aux yeux séduits, la trompeuse image
d'une épaisse forêt. Pour plaire aux
regards de l'observateur étonné, ce
paysage a besoin d'être animé par
les harmonies qui lui sont propres :
s'il a perdu ses attraits, si ses ornemens ont péri, les oiseaux, aimables
hôtes du feuillage, sont réduits au
silence ; et l'on n'entend plus sous
les branches dépouillées que le

triste murmure des vents qui balan-
cent les cîmes. Surprise par un beau
jour d'hiver, fugitive annonce du
printemps, l'innocente bergeron-
nette vient-elle se poser sur le saule
trop flexible de la prairie, les autans
l'en chassent, et la forcent à se blottir
dans son humble retraite, en attendant le retour d'un temps plus
calme. Tel, après une longue tem-
pête, un malheureux, poursuivi par
la fortune, veut regagner son toit
hospitalier, y trouver enfin le repos;
mais, hélas ! à peine a-t-il embrassé
ses pénates, qu'il en est arraché
pour toujours... Moins heureux que
l'habitant du saule, il ne goûtera
plus ses anciens plaisirs : bientôt
les arbres de son verger se couvriront
de fleurs et de fruits, et ils seront
cueillis par une main étrangère.

Déjà les troncs rembrunis des

hêtres annoncent les progrès de la
sève; déjà les fleurs jaunes de la
plante épineuse du jan, qui croît en
abondance sur les haies, à l'orée
des champs, aussitôt après la fuite
de l'hiver, ont marqué l'étroit intervalle qui le sépare d'un successeur
plus désiré. En quelques endroits,
sous des buissons parés de ces fleurs
entourées d'épines, semble se dé-
rober aux regards la simple perce-
neige moins orgueilleuse que le lys,
mais d'une blancheur égale. Comme
la violette, elle ne trahit pas son asile
par un doux parfum dont elle est
privée; mais elle fait contraster agréablement sa couleur de nacre avec
l'or du jan qui l'abrite des injures
de l'air.

La lisière des champs ressemblant
assez aux plate-bandes d'un jardin,
en prend aussi la parure. Les touffes

de primevères, les violettes aux
coupes vermeilles, se chargent de
l'embellir. Prodigues d'elles-mêmes,
on les voit se répandre au dehors,
tapisser le creux des fossés, et courir
dans les sillons. Sur le gazon ver-
doyant, la timide paquerette, jeune
beauté moins éphémère que ses ri-
vales, n'ose encore ouvrir sa corolle
d'un rouge vif : on dirait qu'elle
tremble, au plus léger souffle, de voir
flétrir son incarnat passager.

L'année, symbole de la vie de
l'homme, a aussi son enfance : elle
commence sous de rians auspices, et
s'achève dans la destruction. Une
jeune fille va cueillir les premières
fleurs des champs; elle en pare son
sein virginal, en prêtant une oreille
attentive au chant modulé du loriot,
dont le brillant plumage est teint
d'un jaune de primevère. Perché sur

un chêne élevé, il semble défier le
rossignol tardif qui lui est inférieur
en beauté : à la fin il se tait ; la
villageoise écoute encore, s'en retourne pensive, en effeuillant les
fleurs que sa main distraite a re-
prises négligemment à son corset.

Ainsi la jeune Marie s'acheminait
lentement vers la ferme de son père,
rêvant à la promesse faite par celui-ci
de la marier au fils du garde-chasse
du château des Rochers. Vêtue de
ses habits du dimanche, sa petite
taille se dessine avec grâce sous l'a-
justement de fête ; l'élégance en est
bannie ; la propreté le distingue ; il
marque seulement la simplicité et
l'état de celle qui le porte ; sa mise
est le costume ordinaire de toutes
les paysannes des environs, à l'ex-
ception des couleurs de l'étoffe, qui
varient selon les goûts. La jupe de

flanelle à raies blanches et vertes, s'unit à la camisole brune. Un fichu de toile barriolée se croise modestement sur là poitrine. Il est recouvert en partie du tablier de cotonnade rayée, dont la piécette est attachée par deux épingles aux deux côtés de la gorge. Ses beaux cheveux longs, d'un blond foncé, sont enfermés sous un serre-tête de lin, et relevés lisses par derrière en forme de poupée à filer; en dessus, la catiole empesée laisse voir à découvert ce simple ornement de la chevelure, surmonté de petits plis artistement façonnés au fond de la coiffe. Elle se compose de deux ailes qui retomberaient sur les épaules, si elles n'étaient redoublées sur elles-mêmes, pour mieux accompagner le visage. Enfin le bas de laine blanche se tend sur une jambe un peu forte, mais bien tournée; et des souliers à boucle de cuivre poli complètent son habillement.

Marie brillait de la fraîcheur de son âge ; une coupe de figure arrondie, des yeux noirs, une bouche vermeille et pourvue de l'ivoire de belles dents ; tout l'ensemble de ses traits, en un mot, invitait à la remarquer. Maintenant son front baissé, sa démarche incertaine et lente, enfin l'attitude de sa personne, decèlent l'agitation de son cœur. A quoi l'attribuer ? c'est que le bonheur qu'elle espérait alors, dépendait de la volonté du nouveau maître qui allait prendre possession du château des Rochers. La terre de madame de Sévigné avait été vendue par ses héritiers dans l'étude d'un notaire de Paris. On ignorait encore quel était l'acquéreur, d'où il venait. Serait-il disposé à ratifier une sem-

blable promesse de mariage? Son
concours était indispensable, parce
que le père de la jeune fille, fermier
du domaine, n'avait accordé sa
main au fils du garde-chasse que
sous la condition expresse, imposée
au futur, d'obtenir la survivance de
son père. Le nouveau propriétaire
entrerait-il dans ces vues de famille?
Voilà ce que se demandait tout bas
celle qui était vivement intéressée à
sortir de doute le plus tôt possible.
Elle interroge en soupirant une des
fleurs qu'elle vient de cueillir : la
réponse n'est pas d'un heureux présage ; c'en est assez pour redouter les
évènemens. Qu'importe que ce soit
superstition chez elle, ou pressenti-
ment de l'avenir ! Une larme furtive
s'échappe de sa paupière gonflée ;
elle jette précipitamment le bouquet
flétri qu'elle tenait encore à la main,

presse sa marche, et se hâte de re-
joindre ses compagnes. En traversant
rapidement la cour du château,
quelqu'un l'appelle plusieurs fois,
« Marie! Marie!... » Elle ne l'entend pas, toute préoccupée qu'elle
est des idées sombres dont son esprit
est assailli.

« Qu'a-t-elle donc à ne pas répondre? » dit alors le vieux garde-
chasse Morin; car c'était lui qui vainement avait prononcé son nom à
haute voix pour attirer cette jeune
fille. Assis sur un banc de pierre
de grès, à côté du régisseur, M. Lenoir, à la porte de la cuisine du
château, ouvrant sur la cour, ils
causaient ensemble de l'arrivée prochaine du nouveau maître, hasar-
dant leurs conjectures sur sa qualité, sa naissance, sa fortune, son
rang, ses titres.

Les détails de ce colloque insignifiant intéresseraient sans doute moins le lecteur que la description du lieu où nous sommes.

Le nom du château des Rochers semble indiquer sa situation naturelle. Bâti sur une hauteur escarpée, du côté de la petite rivière qui coule au bas, il domine la campagne des environs. Des tourelles au faîte allongé, s'élèvent au-dessus de l'édifice construit en angle droit; une façade est tournée vers le midi; l'autre regarde le couchant. Sur le prolongement de la première, la chapelle, en forme circulaire, fondée par l'oncle de madame de Sévigné, l'abbé de Coulanges, a son dôme surmonté du signe révéré du christianisme. Au-dessous de la croix, les heures marquent la fuite du temps, en frappant tour à tour sur l'airain.

sonore. Suivant le même alignement,
et joignant la chapelle, une grille de
fer sépare du jardin une-cour spa-
cieuse, fermée au midi par une
terrasse en demi-lune bordée de
plusieurs rangées de tilleuls. On découvre de là un vallon étroit, arrosé
par la petite rivière qui débouche
d'un lac situé à une demi-lieue de
distance. De vertes prairies longent
cette rivière ornée de peupliers sur
ses deux rives, de saules argentés,
et d'aulnes massifs qui y croissent
d'eux-mêmes. Le bruit monotone et
mesuré du moulin qui est en bas de
la côte, dispose à la mélancolie.

En avant d'un parc de quelques
arpens, qui s'étend au nord, et où
l'on voit encore aujourd'hui les deux
cellules que madame de Sévigné y
avait fait placer, le jardin se termine
aussi à l'ouest en terrasse à demi-

lune. Cette terrasse, le parterre qui
l'avoisine, sont de la création du
marquis de Sévigné, qui *se piquait de
belle vue*, selon l'expression de sa
mère. En effet, les beautés que le
jardin doit à l'art, les fleurs qui
l'embellissent, ses grands orangers
figurant une longue colonnade d'un
bout à l'autre, cessent de charmer
l'attention, dès que la vue se porte
sur le spectacle offert devant soi. Le
vallon dont nous avons parlé s'élar-
git, l'horizon s'étend, et les objets
qui se montrent aux yeux, font alors
une rare impression sur l'âme atten-
drie. Il semble que la rivière s'éloigne
à regret de ce beau pays qu'elle aime
à parcourir : elle revient sur elle-
même, coupe les prairies en pres-
qu'îles, serpente sous les saules
formant des arcades naturelles, entre
de haut peupliers, des chênes ma-

jestueux qui lui prêtent leur om-
brage. Du fond de la vallée où d'aimables et paisibles retraites sont
ménagées au mystère sous des
bosquets de coudrier et de troëne,
entrelacés de chèvrefeuille, on remonte par une pente douce vers les
sommets qui la couronnent. Le contour est un vaste amphithéâtre
dont les gradins de verdure sont
occupés par quantité d'arbres touffus, s'élevant les uns au-dessus des
autres. On ne les distingue plus séparés dans l'éloignement : plus près,
ils laissent entrevoir des fermes adôs-
sées aux côteaux. Si l'habitation de
l'homme ajoute à l'agrément des
sites, la religion du Christ en com-
plète le bel effet : à l'extrémité de
l'horizon on voit s'élancer vers la nue
le clocher d'Étrelles. Ses galeries,
posées l'une sur l'autre, et séparées

par un court espace, en forme de
dôme, sont surmontées d'une longue
flèche qui semble prête à s'en détacher.

CHAPITRE II.

Arrivée au château.

Un jour Michel, le fils du garde-chasse, dans la vue de succéder à son père, et pour tâcher de signaler son adresse, était allé l'exercer sur les lapins d'une garenne située dans un coin du parc. Contre sa coutume, il revint promptement de la chasse, sans avoir tiré un seul coup de fusil ; et on l'entendit s'écrier de loin, en accourant à toutes jambes : « Les voilà ! les voilà !... » Puis : « Eh ! mon père, arrivez donc ! arrivez donc, monsieur Lenoir ! » Les deux interpellés se trouvaient présens au château. « Qu'est-ce qu'il y a ? deman-

dèrent-ils presque en même temps.
— Ils sont dans l'avenue, reprit Michel tout hors d'haleine ; le postillon
faisait claquer son fouet ;... c'est
sans doute notre maître ! — Et mon
compliment ! comment vais-je faire ?»

A peine M. Lenoir, fort embarrassé de son nouveau rôle, avait-il
prononcé ces paroles, que deux voi-
tures de voyage entrèrent à la file
dans la cour, en sortant de l'avenue
qui longe le parc, et vient aboutir à
la terrasse du jardin. Le régisseur, le
garde-chasse et son fils, et tous les
serviteurs du château, chapeau bas,
le cou tendu, la bouche béante, le
maintien déconcerté, fixaient des
yeux ébahis sur la première voiture,
et cherchaient de leurs regards em-
pressés les personnes qui allaient
en descendre. La portière s'ouvre ;
M. Lenoir s'avance d'un pas grave,

en faisant signe à ses compagnons
de rester à quelque distance derrière
lui. Un monsieur en bottes, vêtu
d'un frac vert galonné, la perruque
un peu dérangée par le voyage, veut
s'élancer légèrement à terre ; le pied
lui tourne ; il se donne une entorse,
et s'écrie douloureusement. L'officieux régisseur s'approche pour le
soutenir. « Monseigneur, dit-il, vous
vous êtes blessé !... — Non, ce n'est
rien, répond l'autre. Ahi ! ahi ! —
Monseigneur, nous sommes vos serviteurs, continue M. Lenoir en se
désignant ainsi que sa suite ; moi,
je suis votre intendant. — C'est bon !
c'est bon ! » reprend avec assez d'humeur le nouveau personnage, qui
se tenait des deux mains le pied
gauche à hauteur du genou droit,
en faisant un peu la grimace. Bé-
gayant encore quelques paroles qui

ne furent pas bien accueillies, M. Lenoir se retira tout confus vers sa compagnie, et reprit à regret son poste de témoin silencieux et attentif. Dans le temps qu'il s'éloignait, les deux personnes qui étaient dans la seconde voiture, ou chaise de poste, c'est-à-dire une femme de chambre accompagnée d'un vieux domestique, vinrent se placer à la portière de la diligence pour offrir secours à leurs maîtres. Après le monsieur au frac vert, auquel le malencontreux régisseur avait tenté d'adresser son compliment de réception, tourné en forme de condoléance, était déjà sorti de la voiture un homme sur le retour de l'âge, dont le noble visage inspirait le respect mêlé d'une tendre compassion. Enveloppé d'un manteau noir, le deuil qu'annonçait l'extérieur de sa personne, paraissait être

aussi dans son cœur, et depuis long-
temps, à en juger par l'impression
d'une profonde tristesse sillonnée
sur son front obscurci d'un sombre
nuage, et répandue sur tous ses traits
d'une altération frappante. Indifférent aux objets qui l'entourent, et
qui font partie de son domaine, une
seule personne paraît fixer toute son
attention, appeler tous ses soins;
c'est sa fille. Il la reçoit tendrement
dans ses bras, la presse sur son
cœur; mais l'on demeure étonné de
la voir comme insensible à cette
douce et paternelle étreinte. Ensuite
il la pose doucement à terre, s'em-
pare de son bras qu'il passe sous
le sien. Celle-ci, couverte d'un voile,
ne permet point de juger sa figure;
mais les heureuses proportions de
sa taille élégante font désirer de la
voir à visage découvert. Son père

présente, pour l'aider à descendre
de voiture, la main à une dame qui
est restée la dernière. Cette dame
est son épouse. La douleur de son
mari, qu'elle partage, emprunte
une expression particulière de sa
sensibilité naturelle. Ses yeux caves
sont prêts à pleurer; les larmes, en
se faisant journellement passage sur
ses joues amaigries par un chagrin
dévorant, ont creusé des traces inef-
façables, que le temps grave de plus
en plus, loin de pouvoir les détruire.
Ils craignent, pour ainsi dire, de se
parler, et ne s'interrogent que par
signes. La douleur est muette et peu
communicative entre des êtres qui
souffrent des mêmes peines. Madame Dutremblay jette un regard
triste et d'intelligence sur son époux,
qui baisse les siens en lui présentant
le bras sans répondre. Il s'avance

au milieu d'elle et de sa fille, suivie
de Justine. Tout le monde, intimidé
et ému à leur aspect, garde le silence.
Les yeux en mouvement des gens
du château ont l'air de se consulter
sur le genre de démonstrations qu'il
conviendrait de faire en pareille circonstance; mais personne ne dit
mot. Dame Françoise, attachée à la
maison en qualité de femme de
charge, prend les devants, et intro-
duit avec beaucoup de cérémonies
ses nouveaux maîtres, après deux
révérences assez gauches, qu'elle
essaie de rendre gracieuses.

Derrière, à quelque distance,
M. d'Osmond, frère de madame
Dutremblay, marchait appuyé sur
l'épaule de Dubois, se plaignant toujours de son entorse. « Pas si vite! Dubois, pas si vite!... A quoi bon aussi
venir s'enterrer dans la Bretagne?

Maudit pays !... C'est bien malgré
moi !... ils l'ont voulu !... Je leur ai
donné une grande preuve d'amitié en
les y suivant... Ahi ! mon pied ! mon
pied !... » Ces mots, entrecoupés
et sans suite, sortaient de la bouche
de M. d'Osmond, qui s'impatientait
du plus léger mal. Puis, se tournant
tout à coup vers le groupe rassem-
blé : « Ces gens-là, dit-il, sont bien
taciturnes ! — Monsieur, nous sommes si tristes nous-mêmes. »

Dubois n'avait pas achevé cette réponse, qu'ils partirent tous, comme
à l'envie, d'un éclat de rire. « Sont-
ils fous ? » s'écrie M. d'Osmond, surpris au dernier point, ainsi que Dubois, d'un si brusque changement.
Au même instant, il se sent tiré par la
basque de son habit, se retourne aussitôt, et aperçoit tout près de lui la
cause singulière du rire prolongé qui

excitait son étonnement. C'était une
malheureuse femme, s'étudiant à
imiter sa marche chancelante et boi-
teuse, et jouant une espèce de pantomime dont l'étrange bizarrerie avait
subitement inspiré aux témoins de
ses gestes railleurs un accès de gaîté
expansive, qu'ils n'avaient pu maî-
triser au-dedans d'eux-mêmes, malgré tous leurs efforts grimaçans pour
tâcher d'en réprimer l'essor involontaire. D'ailleurs, l'expression de sa
physionomie moqueuse, deux petits
chiens qu'elle portait entre ses bras,
le désordre de ses cheveux crépus,
lui couvrant en partie le visage, un
mauvais chapeau de paille élevé au
bout d'un bâton au-dessus de sa
tête, et tout son accoutrement,
ajoutaient au burlesque de cette
scène vraiment étrange. Sous un
autre rapport, ses vêtemens en lam-

beaux, ses pieds nus et ensanglan-
tés, son teint olivâtre, sa maigreur
excessive, enfin la profonde misère
où elle paraissait plongée, produi-
saient un effet tout contraire. Aussi
les rieurs revinrent-ils bientôt à un
sentiment plus conforme aux émotions pénibles qu'ils devaient éprouver. « Quelle est cette femme? demanda M. d'Osmond. — C'est une
pauvre folle, répondit le régisseur,
pressé d'obéir : elle s'appelle May. »

Le vieux et bon serviteur Dubois
ne put s'empêcher de soupirer ; et
alors, M. d'Osmond, frappé d'une
ressemblance de position qui n'était
pas nouvelle pour lui, enjoignit de
prendre les précautions nécessaires
pour que désormais May n'appro-
chât pas du château. Afin d'adoucir
ce que cet ordre pouvait avoir de
trop sévère aux yeux surpris des per-

sonnes ignorant ses intentions, il
tira de sa poche quelques pièces
d'argent qu'il offrit à la pauvre May.
Elle l'avait écouté, la tête penchée,
et le regardant fixement. Dès qu'elle
s'aperçut de son action, elle lui
repoussa fièrement la main, et se
défendit de rien accepter. « La fille
d'un seigneur châtelain, dit-elle, ne
doit pas recevoir les dons d'un
étranger. — L'entendez-vous? monseigneur, observa sur-le-champ
l'officieux M. Lenoir : dans sa folie,
elle se croit issue d'une noble famille. — Non, May n'est point folle,
répliqua l'infortunée ; vous ignorez
le secret de sa naissance. » Ensuite
elle se mit à chanter sur un ton
plaintif des couplets de sa composition, où le défaut de sens n'accusait
que trop évidemment le dérange-
ment de ses idées. M. d'Osmond,

très affecté de cette rencontre imprévue, entra au château, accom-
pagné de Dubois. May sortit de la
cour, en continuant de chanter ; et
à mesure qu'elle s'éloignait, les sons
de sa voix, s'affaiblissant peu à peu,
se perdirent tout-à-fait.

« Vous l'avez offensée, M. Lenoir ; prenez garde à vous ; c'est
qu'elle est à craindre pour ceux qui
la méprisent ! » Cet avis prudent
était donné en conscience par Michel, qui, n'osant blâmer ouverte-
ment l'air d'incrédulité du régisseur,
ajouta : « Elle sait tout ce qui se
passe, prédit l'avenir, se transporte,
comme par enchantement, où son
bon génie l'appelle. » Il appuya fortement sur ces derniers mots : *son
bon génie,* en répétant : « Oui, son
bon génie, et non pas son méchant !
— Pauvre garçon ! je ne la crois pas

plus sorcière que toi, répondit le régisseur en souriant de l'épigramme.
— Par ainsi, je ne vous conseille
pas de vous approcher de la Roche-
aux-Fées, reprit Michel; vous savez
qu'elle y demeure; vous ne seriez
pas le premier à vous en repentir.
Il n'y a pas encore long-temps.... »
M. Lenoir, interrompant Michel :
« On m'a déjà conté toutes ces his-
toires-là; vraies fables! Il vous faut
des sorciers à vous autres gens su-
perstitieux. » Le régisseur, généra-
lisant ainsi son propos ironique,
choqua évidemment l'amour-propre
de ses auditeurs, qui se récrièrent
tous contre lui, parce que, d'ailleurs, ils partageaient l'opinion commune, qui attribuait à May certain
pouvoir occulte et surnaturel. Son
existence mystérieuse, sa vie er-
rante, servaient de fondement ou

de prestige à une croyance popu-
laire, accréditée par les anciennes
traditions du pays. Il n'était pas sans
exemple, disait-on, que des êtres
misérables eussent été doués des facultés secrètes que May avait à sa
disposition.

Quoi qu'il en soit, bien convain-
cus de la vérité des récits auxquels
ils ajoutaient une foi entière, Michel
et ses adhérens ne concevaient pas
que M. Lenoir pût élever là-dessus
le plus léger doute. En gens sûrs de
leur fait, ou le paraissant, et sans
vouloir être contredits, ce qui arrive
à bien d'autres, ils changèrent de
conversation, et la firent tomber sur
un sujet qui excitait vivement leur
curiosité. «Les voilà venus!... Pourquoi étaient-ils affligés ? » Telle était
finalement la question dont la solu-
tion les embarrassait beaucoup. De là

un vaste champ ouvert aux conjectures. En un pareil conflit, ne pouvant
s'acccorder sur une explication sa-
tisfaisante pour tous, ils s'apitoyaient
néanmoins sur le sort apparent de
leurs nouveaux maîtres. Un père et
une mère en deuil, et paraissant
désolés, cette vue leur faisait peine.
Mais la jeune demoiselle, quel était
le secret motif qui l'obligeait à se
tenir voilée? C'est ainsi qu'ils allaient
du sentiment de la compassion au
désir d'apprendre ce qui était une
énigme pour eux.

CHAPITRE III.

Un gentilhomme voisin et sa fille.

Bientôt il ne fut bruit dans les environs que de l'arrivée du nouveau propriétaire du château des Rochers. Mais la nouvelle, transmise de bouche en bouche, se grossit, chemin faisant, de toutes les circonstances qu'il plut à chacun d'inventer, soit par tendance involontaire à la malignité jalouse, soit à défaut de connaître le vrai, que tout le monde ignorait, et désirait savoir. Ainsi dénaturée et surchargée de détails imaginaires, elle parvint aux oreilles d'un gentilhomme voisin, qui était plus intéressé qu'il ne s'en doutait à la pré-

sence de la famille Dutremblay sur
les lieux. Fier de ses petits quartiers
de noblesse, qui lui donnaient place
aux États de Bretagne, il ne se proposait nullement d'entrer en rela-
tions amicales avec ces étrangers, à
moins qu'ils ne fussent de son rang,
et pourvu, toutefois, qu'il devînt
l'objet recherché de leurs prévenances honorifiques. Retranché dans
sa vanité héréditaire, qu'il consultait
de préférence à la modestie dans les
occasions qui mettaient en jeu la
première, celle-ci était la règle in-
variable de toute sa conduite. Une
morgue insolente perçait à travers
le voile d'une politesse affectée, vis-
à-vis de gens qui n'étaient pas tout-
à-fait ses égaux. Les plus clairvoyans
n'avaient garde de se méprendre à
ses intentions captieuses, en rece-
vant les marques d'une civilité hau-

taine. Son éducation avait été formée
sur de pareils principes par son père,
qui lui-même avait été élevé de la
sorte. L'un et l'autre n'avaient appris
d'autre science que celle du blason;
et de degré en degré, on ne tendait
guère au progrès de connaissances
dans la famille. Les voyages, si in-
structifs, n'étaient pas non plus de
leur goût. Pour notre gentilhomme,
son château était un séjour d'habitude qu'il ne quittait jamais, excepté
quand ses affaires l'appelaient à Rennes, ce qui arrivait fort rarement. C'é-
tait à regret qu'il s'en absentait alors,
parce qu'il se trouvait exposé aux
mécomptes de l'amour-propre dans
une société où il ne primait ni par
sa naissance ni par ses qualités per-
sonnelles. Voilà en partie pourquoi
il ne se retirait point à la ville pendant la mauvaise saison de l'hiver,

à l'exemple de beaucoup d'autres de
ses égaux, qui s'y livraient aux plaisirs, en attendant les beaux jours,
dont le retour les rappelait ensuite
dans leurs châteaux. Vivant habi-
tuellement dans sa terre, là il était
exempt de tout ce qui pouvait cha-
griner sa jalouse vanité. Point de
passe-droits, point d'humiliations à
craindre !

S'il était insoutenable par sa fierté
dédaigneuse à l'égard de ceux qu'il
traitait comme ses inférieurs, d'un
autre côté, son extrême dureté, son
avarice sordide avec ses paysans le
rendaient méprisable. Certains droits
féodaux, relevant de son fief seigneu-
rial, étaient tombés dans l'oubli du
vivant de son auteur, à cause du ri-
dicule qui en avait fait précédem-
ment justice. M. d'Étrelles voulait
les faire revivre, parce que leur exer-

cice flattait infiniment son orgueil,
et que d'ailleurs il y allait de son
intérêt pécunier. Par exemple, le
droit de poussière était un de ceux
dont il avait fort à cœur le rétablis-
sement. Il avait entrepris de s'en
faire adjuger la redevance par sen-
tence de bailliage ; mais ses prétentions, ayant échoué sur l'appel,
avaient été déclarées, en dernier
ressort, abusives et vexatoires, aux
termes d'un arrêt rendu par le célèbre parlement de Bretagne.

Le caractère de ce seigneur de la
terre d'Étrelles, ses passions étroites,
avaient leur empreinte bien mar-
quée sur un cachet ostensible, de
même que l'écusson de ses armoi-
ries, qui étaient gravées dans tous
les endroits apparens de son vieux
castel, sur tous ses meubles. En
deux mots, sa physionomie était le

miroir de son âme. Un visage rond,
le nez pointu et relevé, s'écartant
beaucoup de la lèvre supérieure ; au-
dessous, allant joindre obliquement
les deux coins de la bouche irréguliè-
rement fendue, des plis formés par
l'habitude invétérée d'un sourire dédaigneux ; de petits yeux noirs cli-
gnotans, enchâssés sous des sourcils
épais ; le front peu élevé, et marqué
de rides prématurées, et avec cela un
teint chargé de couleurs assez vives,
telle est l'esquisse de son portrait.
Il ne pouvait certainement pas prétendre en belle tête ; mais il s'était
encore enlaidi des vices de l'éducation. Sa stature était moyenne et
d'un médiocre avantage, surtout à
cause de l'embonpoint excessif de
sa personne.

Un matin M. d'Étrelles se rendit
dans l'appartement de sa fille pour

l'entretenir d'une affaire importante.
Celle-ci était alors assise devant son
clavecin, et paraissait rêveuse. Ses
yeux vifs, la fraîcheur de son visage,
la délicatesse de ses traits, en auraient fait une brune très jolie,
quoique d'une beauté peu régulière,
sans ses minauderies, son langage
affecté, la légèreté de son ton, son caractère capricieux, ses airs de langueur, qui remplaçaient un naturel
aimable par les grâces empruntées
d'une artificieuse coquetterie. « Le
sujet de vos réflexions, lui dit son
père en s'asseyant auprès d'elle après
les politesses d'usage, est sans doute
relatif au futur changement qui doit
s'opérer dans votre état. Je présume
que vous n'avez aucune répugance
pour l'union projetée? » M. d'Étrelles,
attendant en vain une réponse de sa
fille, pendant quelques instans, con-

tinua ainsi : «Le chevalier de Kersan
est un gentilhomme de très bonne
maison, et je ne pense pas que vous
dérogiez en l'épousant. Un de ses
aïeux, Guillaume Kersan, illustre
chevalier, fut tué au siége d'Hen-
nebon, dans la guerre de Jeanne-
la-Boiteuse contre Jeanne-la-Fla-
mande. Il était surnommé le *Dogue*.
Pour en conserver la glorieuse mémoire, ses descendans ont adopté
dans l'écusson de leurs armes, la
figure de ce valeureux animal, surmontée d'un heaume. Cet écusson,
écartelé avec le nôtre aux trois cerfs
sur un émail jaune, formera une
alliance blasonnée du meilleur style.
Certainement M. le comte de Marcille, votre premier mari, ne se van-
tait pas d'une plus haute extraction.
D'ailleurs son âge n'était guère as-
sorti au vôtre : à la vérité, sa fortune

et ses bonnes qualités le recomman-
daient particulièrement.—C'était un
homme nul, monsieur, tout-à-fait
nul, et de plus, chagrin, jaloux,
insupportable, » repart vivement madame de Marcille, en descendant une
gamme sur son clavecin. Elle avait
écouté, jusque-là, avec une certaine
attention qui commençait à n'être
plus aussi suivie, trépignant d'impatience au moindre mot qui lui rappelait son défunt époux. « M. de
Kersan n'est pas si riche, reprend
M. d'Étrelles, mais il a de belles
espérances : on le dit aimable. ——
C'est possible, réplique madame de
Marcille d'un ton indifférent.——J'ai
lieu de m'étonner de votre réponse,
ma fille ; n'avez-vous pas eu occasion
de le voir à Rennes?—Oui... à un bal
donné par M. le duc d'Aiguillon, je
me rappelle... il paraissait très épris.

Quelle fête brillante!—Je vous avais prié d'y assister, ma fille; car je suis bien aise que le duc, envoyé par le roi pour commander la province, ait réprimé l'audace de ce parlement souverainement injuste (M. d'Étrelles se souvenait toujours de la perte de son procès). » Ensuite il ajouta : « Revenons à Kersan. Comment le trouvez-vous?—Il est assez bien de figure, ne danse pas mal; mais en vérité il avait à craindre de dangereux rivaux.—Cependant vous l'avez préféré?—J'ai désiré vous complaire dans mon choix.—Il est vrai que je vous avais conseillé de souscrire à sa demande, je ne dirai pas ordonné, le veuvage vous ayant rendu maîtresse de vos droits. »

CHAPITRE IV.

Demi-confidence au lecteur. — Aspect d'un site de
la forêt du Pertre. — Mésaventure.

———

M. d'Étrelles allait poursuivre,
quand il fut subitement interrompu
par le tulmute qui se faisait dans la
cour. Les domestiques repoussaient
une femme voulant entrer malgré
eux : elle pleurait, se lamentait, les
suppliant en grâce de lui permettre
de parler à monseigneur. La voix de
cette femme n'était point inconnue
à M. d'Étrelles. Pour abréger une
scène violente, qui annonçait devoir
se prolonger par l'obstination de la
plaignante, M. d'Étrelles se leva en
invitant sa fille à demeurer tranquille, sans s'alarmer de tant de

bruit. « Je sais ce qu'il y a, dit-il,
c'est une femme que j'ai déjà fait
chasser, et qui me fatigue de ses
importunes jérémiades. » Il passe
aussitôt dans un autre appartement,
et ordonne qu'on l'y fasse entrer.
Elle se présente les yeux baignés de
larmes, les mains jointes sur la
poitrine, lève timidement ses regards
inquiets sur celui qui va l'interroger,
les baisse sur-le-champ, comme
effrayée de son air et de son geste
courroucés. « Que prétendez-vous
de moi ? » s'écrie M. d'Étrelles d'un
ton sévère, en fronçant le sourcil.
La pauvre May, toute tremblante
(car c'était à elle que la question
était adressée), hésite avant de répondre. « Vous le savez, dit-elle enfin à voix basse et en soupirant. »
Maintenant elle semble avoir recou-
vré l'usage de la raison, comme pour

mieux apprécier toute l'étendue de
son infortune. L'aliénation d'esprit
ne paraît plus à son extérieur modeste; un soin bien naturel en a re-
paré le désordre : les lambeaux de
ses vêtemens sont recousus; ses cheveux, séparés avec soin au sommet
du front, et noués par derrière,
lui couvrent les épaules. Appuyée
sur un jet de châtaignier dépouillé
de son écorce, elle porte attaché au
bras gauche son chapeau de paille;
ses jambes sont nues, mais des
sabots de noyer lui servent de chaus-
sure. Une certaine propreté voile en
partie la hideuse misère de ses haillons. L'expression touchante de ses
yeux, qui ne sont plus égarés, celle
de tous ses traits livides, devraient
faire éprouver un serrement de cœur
à l'homme qui la contemple froidement dans cette déplorable situa-

tion. Du moins honteux de son premier emportement, il essaie de se modérer quelque peu. « May, lui dit-il en adoucissant la rudesse de son ton, je vous avais défendu de mettre le pied au château. — J'y reviens quand le jour affreux de la vérité a dessillé mes yeux aveuglés par le malheur; j'y reviens implorer la pitié du maître. Votre cœur généreux m'est-il fermé pour toujours? — Vous avez part à mes aumônes. — Que ce mot est cruel! vous me traitez comme une mendiante, moi qui suis... — N'achevez pas, May, reprend M. d'Étrelles, se hâtant de l'interrompre, en élevant la voix; non, vous ne l'êtes point, c'est vous flatter d'une vaine espérance! vous êtes dans une erreur qui vous abuse depuis trop long-temps. — Si c'est une erreur, réplique May en san-

glottant, cette erreur fatale a fait
périr ma mère de chagrin. — Ne
me parlez pas d'elle, repart, dans son
impatience, M. d'Étrelles ; désirant
briser l'entretien. » May, animant ses
paroles, continue ainsi : « Ma mère
Marguerite a pleuré jusqu'à la fin de
sa vie : elle est morte de sa douleur
entre les bras de sa fille, qui reçut son
dernier soupir. Je la vois encore tournant vers moi son regard mourant,
je l'entends me dire d'une voix dé-
faillante : *May, je te recommande aux*
soins de la divine Providence ; que
Dieu me fasse miséricorde ! A ces mots
elle expira. Ah ! ma mère ! ma mère !
pourquoi le même coup ne nous
a-t-il pas frappées toutes deux ? Je
serais heureuse à présent auprès de
vous ; car le Dieu juste qui vous a
sans doute pardonné, ne me puni-
rait pas dans l'autre monde, moi

qui suis innocente. — Arrêtez-vous,
May, ne me retracez point de pareils souvenirs. — Vous fûtes témoin
de son agonie, et ce tableau pénible
ne vous a point touché de repentir!
Je suis restée sur la terre pour vous
en rappeler le souvenir amer. Il
n'est plus temps de vous acquitter
envers elle; rendez au moins justice
à sa fille. Monseigneur (puisque je
ne puis vous appeler que de ce nom),
une infortunée créature tombe à vos
pieds; sa misère, ses haillons, ne
blessent-ils pas au moins votre vue,
si ses souffrances ne peuvent exciter
votre compassion tardive. — Relevez-
vous, May, répond M. d'Étrelles un
peu confus; mais se remettant
bientôt, il ajoute avec une feinte douceur : Tous ces éclats vous nuisent
beaucoup dans mon cœur bienfaisant, paralysent l'effet de ma bonté

naturelle. » May, qui n'est point dupe
de l'hypocrisie de son langage, reprend avec le sourire de l'amertume :
« Oui, je vous importune, n'est-ce pas ?
Pour votre tranquillité, déjà j'aurais
dû expirer sur la pierre où repose
toutes les nuits ma tête. Plaise à
Dieu que dès demain il en soit ainsi!
Eh bien! ajoute-t-elle du ton de la
véhémence, puisque vous êtes tout-
à-fait insensible aux humbles sup-
plications d'une infortunée qui ne
demande qu'un peu de justice,
tremblez que je ne dévoile le mystère
de vos iniquités!—On ne vous croira
pas. » May, frappée de cette froide et
sardonique réponse, fait comme un
prompt retour sur elle-même, en
répondant de suite : « Ah! vous avez
trop raison, on ne me croira pas;
car on attribuerait mes révélations
à l'égarement de mon esprit. May

est devenue folle... Mais par qui
l'est-elle devenue? — Cependant l'é-
crit accusateur que je possède, prenez garde qu'il sorte de mes mains
pour voir le jour, alors tout serait
connu... — Rendez-le-moi : c'est à
ce prix seul que je consens à vous
sauver de la misère. — Non, ma
mère, qui me le confia en dépôt, m'a
défendu de vous le livrer jamais. —
Eh bien! finissons, dit impérative-
ment M. d'Étrelles, perdant toute patience, et la conduisant à la porte. —
J'en ai trop dit pour votre conscience,
dont vous étouffez le cri, reprend
May en se retirant, mais c'est en
vain, un jour viendra où le repentir
sera inutile, la fille se réunira à la
mère, et vous aurez ainsi fait deux
victimes qui appelleront sur vous la
vengeance céleste. »

Après une pareille scène si poi-

gnante pour la pauvre May, et que
nous abrégeons beaucoup, quant au
récit, il était à craindre que la vio-
lence des émotions successives ne
détruisît rapidement cet éclair d'intelligence qui n'aurait brillé qu'un
moment, pour la laisser retomber
ensuite dans l'état d'aliénation men-
tale. Son langage était d'abord suppliant; mais l'indignation, causée
par le sentiment d'une injustice ré-
voltante, avait bientôt changé ses
humbles attitudes, de même que
les dispositions de son cœur. Ce
n'était plus une femme éplorée cherchant à émouvoir par ses larmes un
homme insensible et inhumain, le
désespoir seul la faisait agir et parler.
Elle était oppressée par tant de sentimens douloureux, qu'elle n'avait
plus assez de force pour les exprimer. Le souvenir présent de sa mère

morte de chagrin, et entre ses bras;
sa propre misère; la connaissance
de son état qui lui était révélé par
un retour de raison fugitive; en outre, l'idée cruelle de voir ses prières
indignement rebutées par celui auquel elles s'adressaient, tout se réu-
nissait pour l'accabler.

Dans ce mélange de sensations
confuses d'un choc difficile à sup-
porter, l'exaltation de son esprit,
portée au comble, menaçait d'une
rechute très prochaine. Il ne fallait
peut-être qu'un mot pour en hâter
l'explosion. M. d'Étrelles, entraîné
par une vivacité bien condamnable,
eut l'imprudence, ou plutôt la dureté de le prononcer. A sa sortie du
château, May, hors d'elle-même,
continuait d'exhaler ses plaintes en
revenant sur ses pas. M. d'Étrelles,
exaspéré, et qui ne pouvait plus les

souffrir, s'élance tout à coup, la
saisit rudement par le bras, et la
chasse de la cour, en proférant des
paroles outrageantes. Il s'oubliait à
ce point devant madame de Marcille, sa fille, et en présence de ses
gens accourus au bruit. « Va, misé-
rable, s'écrie-t-il, tu n'es qu'une
vile créature ! » Aussitôt la porte de
la grille se ferme sur elle avec fracas.
Alors le dernier coup fut porté à sa
faible raison, déjà ébranlée par de
si fortes secousses. Des cris inarti-
culés, une sorte de fureur qu'elle
semblait prendre plaisir à exercer
sur elle-même, en se meurtrissant
le sein, s'arrachant les cheveux, furent les symptômes effrayans qui
annoncèrent une crise de longue
durée. Elle se roulait dans la poussière, déchirait ses haillons, et se
livrait à tous les excès de son aveugle

frénésie. Madame de Marcille, fort
surprise de cette scène déplorable,
prit des informations sur le sujet de
l'entrevue précédente auprès de son
père, qui échappa à ses questions
embarrassantes par des réponses éva-
sives. D'ailleurs sa fille savait que dans
le pays May était reconnue pour folle ;
et la conduite de M. d'Étrelles, qu'elle
ne pouvait s'empêcher de blâmer, au
moins sous le rapport de l'inconve-
nance de gestes et de paroles, lui
fut expliquée en partie par les im-
portunités de cette femme, au sort
de laquelle madame de Marcille ne
prenait pas du reste un très grand
intérêt.

Enfin cette frénésie se calma par
degrés ; May revint peu à peu à un
état plus tranquille, toutefois digne
de pitié. Elle se leva, prit son bâton,
et se remit en marche. Au lieu de

suivre le chemin qui conduisait à sa
demeure, située sur la droite, à
l'ouest, à trois lieues environ du château, elle s'écarta à gauche, ignorant
sans doute où ses pas la conduiraient.
Ayant long-temps erré à l'aventure,
elle se trouva vers le soir tout près de
la forêt du Pertre. Un vent très froid
soufflait du nord; l'atmosphère, à la
fin de mars, était glaciale comme au
fond de l'hiver; et, à l'approche de
la nuit, May fut contrainte de chercher un asile quelconque où se reposer de la fatigue qui commençait à engourdir ses membres trem-
blans. Il était dangereux pour elle
de choisir un abri au milieu de la
forêt, surtout à cause de l'intem-
périe de la saison. Mais n'ayant
plus le choix d'une retraite, elle
s'avance seule dans ce lieu désert,
et cherche un coin où passer la

nuit, moins exposée à la rigueur du froid.

Au centre d'une clairière qui s'offre à sa vue, elle distingue un gros arbre. C'est au pied de ce vieux chêne qu'elle va s'asseoir. De noirs corbeaux croassaient à l'entour, et voltigeaient sur sa tête chenue, couronnée des signes de la vieillesse. La chevelure renaissante des bouleaux qui croissaient çà et là, s'agitait au gré des vents impétueux; ils chassaient rapidement les nuages légers, et la haute forêt s'inclinait en gémissant sous leurs sifflemens redoublés. La lune, se levant à l'horizon, éclairait faiblement les bruyères de ses rayons obliques, qui, venant à se diviser en rencontrant le tronc des arbres, glissaient argentés entre leurs branches dépouillées, et sous les buissons du

houx toujours vert. Des masses de
lumière se répandaient dans les
vagues, à mesure que l'astre des
nuits montait vers le point le plus
élevé de sa course.

Michel ignorait que Diane, qu'il
ne connaissait que sous son nom
vulgaire, fût la divinité du chas-
seur : aussi ne l'invoquait-il point;
mais il attendait patiemment que sa
clarté favorable lui permît de bien
ajuster un des sangliers de la forêt.
Depuis la brune, il était posté à
l'affût, et ne bougeait de la place qu'il
occupait bravement sur les branches
d'un hêtre, en face du vieux chêne.
Lorsqu'il lui fut possible de distin-
guer les objets à une certaine distance, quelle fut sa surprise, ou,
pour mieux dire, sa frayeur, en
apercevant May qui paraissait en-
dormie! La lune frappait à plein sur

son visage, moitié couvert du mauvais chapeau de paille qu'elle avait
pour toute coiffure. Descendra-t-il?
cherchera-t-il le moyen de s'enfuir?
Sans doute, puisque la sorcière n'i-
gnore rien, elle sait qu'il est là....
Il est donc inutile de tenter de s'é-
vader. C'est ainsi que Michel rai-
sonne à la hâte. « Ah ! mon Dieu,
comment vais-je faire ? » A peine
cette exclamation embarrassée lui
échappe-t-elle, qu'il se repent aussitôt de l'avoir proférée, même à
demi-voix ; car elle peut l'avoir
entendu. Son courage l'abandonne
tout-à-fait. Qui pourrait peindre
sa position critique ? Il lui semblait
qu'elle l'était bien assez ; cependant
elle va le devenir davantage à ses
propres yeux ; et déjà les forces lui
manquent totalement.

Tout à coup plusieurs voix se font

entendre; des hommes, se querellant, marchent de son côté. « Où suis-je?... » dit-il, tremblant de tous ses membres. Il ne respire plus; la circulation du sang s'arrête. « Ces hommes sont nécessairement des voleurs (cette réflexion instantanée l'oppresse). » Il en voit paraître trois : deux sont armés de pistolets; l'autre porte une lourde valise sur l'épaule. « Ils auront dépouillé un voyageur. » Voilà l'affreuse idée qui se présente sur-le-champ à son esprit de plus en plus troublé. Qu'a-t-il besoin d'en voir davantage? Il ne considère plus rien, n'examine plus rien, ferme les yeux, et se cramponne fortement à son arbre, de crainte que le tremblement convulsif qui l'a saisi ne le fasse tomber, et que sa chute périlleuse ne le livre sans défense à ces brigands. Il n'y a qu'un moment il bénissait le retour de la lune, à présent il voudrait pour tout au monde qu'elle se couvrît d'épais nuages. « Maudite lune! pense-t-il en lui-même, elle peut me trahir. » En même temps il s'amincit le plus qu'il peut, et se tapit comme un écureuil craintif derrière la grosse branche du milieu. Alors un des trois hommes vient à s'écrier : «Ah! voilà quelqu'un. » Ces mots terribles sont pour lui un arrêt de mort. « Je suis perdu!... ils m'ont découvert! » Sa langue glacée balbutie cette phrase d'épouvante; il attend son sort dans l'accablement d'angoisses inexprimables. Quelque temps s'écoule ainsi.... Ensuite il rouvre machinalement les yeux, et voit les trois inconnus entourer May, qui se tenait debout au milieu d'eux. Ce n'est donc pas à lui qu'ils se sont

adressés. Heureuse méprise! quel
espoir! il n'est donc pas découvert! Par ces courtes réflexions, son
cœur, si accablé tout à l'heure, se
trouve soulagé d'un poids énorme.
Il écoute.... « C'est une personne
de connaissance, dit l'un des trois
inconnus en désignant May. » Nouveau sujet d'effroi pour l'aventureux
Michel! «Grand Dieu! murmure-t-il
tout bas, elle est avec des brigands,
de leur bande; ils sont d'ensemble!
Ah! miséricorde! » Toute la peur
lui revient aussitôt : May va peut-
être lui jouer le mauvais tour de
dénoncer sa cachette. « Je n'épou-
serai pas Marie! » Il donne ce souvenir de regret à sa fiancée; ensuite,
les dents serrées, et se choquant les
unes contre les autres, Michel, s'i-
maginant qu'il est toujours en danger de perdre la vie, fait son acte

de contrition. A peine a-t-il fini,
que le bruit s'est éloigné. Il regarde
sans changer d'attitude, quelque
fatigante que soit la sienne ; plus
rien, plus personne. Michel, le
brave Michel est d'une telle faiblesse, qu'il ne saurait descendre de
l'arbre, et marcher. S'il était possible, il voudrait avoir des ailes pour
se sauver plus vite. Peu à peu il se
ranime pourtant, se hasarde à fuir ;
et, préoccupé de sa crainte excessive, il oublie son fusil. Le héros de
l'aventure s'étant laissé choir au
pied de l'arbre, se trouva appuyé
sur les genoux et les mains. Alors
quelque chose de lourd lui tombe
sur le dos. « Grâces ! s'écrie-t-il,
miséricorde ! par pitié, accordez-
moi la vie ! » Personne ne répond. Il
se relève enfin, heurtant son fusil,
voit ce qui a causé son dernier accès

de frayeur, et serait tenté d'en rire,
s'il ne se croyait encore en danger.
Il prend son arme, retrouve son agilité, s'enfuit à toutes jambes, en suivant une charrière du côté opposé à
la route des inconnus.

Laissons-le courir jusqu'à sa demeure, où il arrivera sain et sauf,
mais épuisé de fatigue, pour instruire le lecteur de ce qui avait con-
tribué, selon les apparences trom-
peuses, à jeter une terreur panique
dans l'âme du courageux Michel.

CHAPITRE V.

Nouveaux personnages. — Vue d'un cimetière de
campagne. — L'arrivée à bon port.

Ces trois hommes qui avaient
abordé May n'étaient point ce qu'on
pouvait s'imaginer d'abord. Il faut
les laisser parler pour apprendre à
les connaître. « Ce coquin d'ivrogne
nous a égarés, monsieur ; il méri-
terait cent coups de bâton. — Vous
m'aviez donné le pour-boire avant
de partir de la Gravelle ; ma foi ! j'ai
bu à votre santé. — La tienne est
dans un bel état, rustre ! — Dupré,
ne l'injurie pas. — Au contraire,

monsieur; si je pouvais le dégriser,
il reconnaîtrait son chemin. Va donc
(il le pousse rudement)! — Morgué!
vous êtes un brutal! Les valets sont
plus méchans que les maîtres. —
Dupré, Dupré, je te défends de le
frapper. — Je m'en garde bien, monsieur; il n'avance point, je suis forcé
de lui marcher sur les talons, voilà
tout. Où sommes-nous? Dans une
autre forêt de Bondi. — Que crains-
tu, peureux? N'avons-nous pas des
armes? — Si le perfide, monsieur,
nous menait dans un coupe-gorge....
— Tu me fais rire, Dupré. — Je
suis un honnête homme, entendez-
vous, monsieur le domestique, afin
que vous le sachiez. — Prends toujours garde à toi; j'ai là de quoi servir la trahison, répondit Dupré en
montrant un pistolet. — Oh! je n'ai
pas peur. »

En causant ainsi, ils étaient arri-
vés par un sentier peu frayé à cette
partie de la forêt où Michel était bien
loin de les attendre. Lorsqu'apperce-
vant May couchée au pied de l'arbre,
ils s'en furent approchés pour lui
parler, elle s'éloigna d'un autre côté,
sans vouloir indiquer au guide le
chemin à suivre pour sortir de la
forêt. Si Michel avait conservé assez
de présence d'esprit pour entendre
ce qui se disait de part et d'autre,
il eût été bientôt désabusé de ses
mortelles inquiétudes. Les pistolets
que nos voyageurs portaient à leur
ceinture, n'étaient qu'une précaution de sûreté, dictée par la prudence. La valise était celle du maître,
et on en avait chargé le guide. Celui-ci commençait à y voir clair,
Dupré étant parvenu au but qu'il se
proposait par des moyens efficaces.

« Es-tu en état de nous dire ce qu'est
cette femme? demanda Dupré. —
Chut! répondit tout bas le guide en
se rapprochant; ne parlons pas si
haut. — Je le croyais dégrisé; au
diable l'ivrogne! — Ivrogne, soit,
mais dégrisé! — Eh non! tu ne l'es
pas, camarade. — Si fait! vous dis-
je.... Cette femme en sait plus que
vous et moi, et tout le monde. —
Ah! voilà qu'il déraisonne encore.
— Parions que non, monsieur Dupré. — Un pour-boire, n'est-ce pas,
l'ami? — Sûrement vous voulez rire;
mais la femme en question est bien
habile. — Elle est sorcière; c'est ce
que tu veux dire, apparemment? Si
elle l'était, nigaud, coucherait-elle
à la belle étoile? Un bon lit est une
si bonne chose! Qu'en pensez-vous,
monsieur? (Le guide allait répondre; Dupré lui imposa silence en

répétant, sous une forme respec-
tueuse, la même question à son
maître, qui se taisait.) Vous voilà
absorbé dans vos rêveries! Pardon-
nez-moi, monsieur, si je cherche à
vous en distraire. — Parle, Dupré,
je t'écoute. — Me permettrez-vous
de m'expliquer franchement sur votre système d'inquisition? — Tu le
peux. — Or vous savez que j'aime
à dire librement ma façon de penser,
et qu'entré à votre service à Paris,
je n'ai pas hésité à vous suivre en
Bretagne. Détestable pays de loups!
Il est vrai que notre séjour n'y sera
pas long. Cependant bien d'autres,
à ma place, vous auraient demandé
leur congé avant de s'éloigner de la
capitale; mais je vous suis attaché
de tout cœur. — Je t'en sais gré. —
— Il faut reconnaître aussi que vous
êtes généreux. — Où veux-tu en

venir? — Eh bien! monsieur, à
vous dire que je ne vous conçois pas
de courir les chemins, *incognito*,
comme un chevalier errant; et pourquoi? afin de venir vous-même prendre des renseignemens sur les lieux.
Qui vous en donnera? De malheureux paysans. Gens aussi brutes sont-
ils capables de bien juger quelqu'un?
— Tu te trompes, Dupré; ils ont
plus de sens que tu ne crois. D'ailleurs ce que je désire savoir est facile à connaître. Je veux m'assurer,
sur leurs témoignages positifs, si ma
future est bonne, charitable, sen-
sible. En lui supposant de telles qualités, si précieuses dans une femme,
sois sûr que partout où il y aura un
malheureux à secourir, sans sortir
de son voisinage, elle ira lui porter
des consolations. — Vous êtes ro-
manesque, monsieur, avec vos idées

de philanthropie. Le principal est
qu'elle ait de la fortune : quant à
sa libéralité, si elle l'exerce envers
ses gens, c'est tout ce que vous pouvez exiger de sa bienfaisance. Il n'est
pas reçu qu'une dame de qualité
aille visiter les galetas des grandes
villes, ou ce que vous appelez ici la
chaumière du pauvre. »

Cependant nos voyageurs, pressés
d'arriver, aperçurent entre les arbres
les toits ardoisés de plusieurs maisons. Leurs pignons blanchis réflé-
taient la lumière pâle de la lune,
qui, depuis son lever, avait parcouru
plus de la moitié de sa course. « Voilà
le village, s'écrie le guide en continuant de marcher. »

Ils se trouvèrent bientôt tout près
d'une église d'architecture gothique,
projetant sa grande ombre sur un cimetière qui entourait l'édifice. Cette

situation des lieux est faite sans doute
pour indiquer qu'on n'arrive au port
désiré que par le chemin de la destruction. Kersan admira en passant
la structure élégante du clocher, sa
haute élévation, que l'œil se plaît à
mesurer approximativement. Tout
était calme : cette paix profonde, ce
silence nocturne firent une vive impression sur son âme naturellement
mélancolique, surtout en considé-
rant qu'il foulait aux pieds plusieurs
tombes éparses, les unes fermées
depuis peu, les autres moins ré-
centes, sur lesquelles croissait la
mauve funéraire. Il sentit qu'il y
avait un rapport secret, une triste
confraternité entre le calme qui régnait à cette heure tranquille et un
autre repos qui avait là son asile. Cette
terre de désolation récélait dans son
sein les dépouilles de la mort, dont

les attributs, d'origine presque aussi
ancienne que la vie, étaient figurés
sur des croix de bois élevées sur
d'humbles tertres, pour marquer sa
possession; et sa pensée instructive
errait sans cesse sur ce lieu consacré
par une religion terrible et consolante. Les ombres de la nuit y répandaient encore un voile sombre
de tristesse. Au faible jour qui lut-
tait contre l'obscurité, on aurait dit
une lampe funèbre éclairant à peine
de sa lumière vacillante le champ
de la mort.

De telles idées se présentaient con-
fusément à l'esprit réfléchi du voyageur, tandis que le guide alla frapper à une porte vis-à-vis de l'église.
Une rue fort étroite sépare cette
maison du cimetière. « Oh! que
c'est triste, monsieur, s'en vint dire
Dupré. Quoi! nous allons demeurer

si près!... — Dupré, cela donne à
penser. — Allons, monsieur, voilà
une charmante vue à dessiner, sans
sortir de la maison, si l'on nous
loge sur le devant.... » Mais notre
homme a beau cogner, personne ne
lui répond.

« Ouvrez donc ! ouvrez donc ! notre bourgeoise, s'écrie le guide à
tue-tête. — Ce sont des étrangers
qui viennent loger chez vous, ajoute
Dupré d'une voix enrouée de fatigue. »

L'hôtesse n'était pas dans l'usage
de recevoir grand monde, surtout à
une pareille heure de la nuit. Rarement des voyageurs descendaient-
ils chez elle. Aussi, quoiqu'elle se
fût éveillée au bruit, elle ne se sen-
tait pas trop disposée à ouvrir à des
gens qui ne lui paraissaient nullement sûrs. Mais le guide continuant

d'appeler, l'hôtesse, entièrement dé-
gagée des liens pesans du sommeil,
le reconnut enfin à la voix. C'était
son valet de ferme, que la veille elle
avait envoyé à La Gravelle porter
une somme d'argent à son frère,
qui y tenait l'auberge du Che-
val-Blanc. Là il avait rencontré
nos voyageurs. S'étant informés si
dans le village d'Étrelles ils pour-
raient trouver un gîte, et ayant demandé un guide pour les y con-
duire, cet homme s'était proposé
lui-même, et avait enseigné la maison de sa maîtresse, comme la seule
qui pût leur convenir. D'ailleurs il
n'y avait pas de choix à faire. Mais
il était obligé de partir dès le soir
même pour s'en retourner, et ce fut
la raison qui les fit voyager la nuit.

Enfin l'hôtesse se décida à ouvrir
la porte, en ôtant la barre de chêne

qui en consolidait en dedans la fer-
meture. S'adressant d'abord à son
valet, elle se plaignit ainsi de sa
négligence : « Jean, revenir si tard !
c'est bien mal à toi. — Dites donc
si matin, notre bourgeoise, répondit-il.... Mais voilà deux messieurs
que je vous amène. — Nous nous
proposons de passer ici quelques
jours, ajouta aussitôt M. Kersan. »

L'hôtesse ne fit aucune réponse ;
elle tenait à la main une chandelle
de résine pétillante, qu'elle était allée
chercher avant d'ouvrir, dans un
coin, au-dessus de l'âtre de la che-
minée. Portant alternativement ses
regards inquiets sur les deux étrangers et son valet, qui s'efforçait de
l'encourager par signes, elle se dé-
termina d'assez mauvaise grâce à
hasarder une légère prévenance en
ces termes : « Soyez les bienvenus,

messieurs. » Néanmoins ce compliment très bref lui coûta une peine
infinie ; car elle n'osait trop se fier
à leur bonne mine, et les gestes mul-
tipliés de son valet n'étaient pas une
recommandation très claire. « Monsieur, on se défie de nous, » dit tout
bas Dupré à son maître. Celui-ci
prit la parole pour demander si leur
présence était incommode, mais sans
obtenir de réponse.

Dans ce moment l'hôtesse méti-
culeuse était sérieusement occupée
à recueillir à l'écart des renseignemens de la bouche de son valet, peu
satisfaite d'abord de son muet langage, ou de sa pantomime assez
difficile à comprendre. « Monsieur,
reprit Dupré, l'entendez-vous chu-
choter avec notre guide? Voilà ce
que c'est que de courir les aventures
incognito. »

Cependant un éclaircissement favorable avait eu lieu par l'échange
de quelques paroles entre l'hôtesse
et son valet. Retrouvant un air as-
suré et gracieux à sa manière, ses
excuses se bornèrent à ce peu de
mots : « Messieurs, je vous demande
pardon, mais c'est que, voyez-
vous.... — La défiance est mère de
la sûreté ; c'est cela que vous voulez
dire, bonne femme, ajouta promptement Dupré, en l'interrompant.
Nous sommes d'honnêtes gens, voya-
geant pour explorer le pays en ama-
teurs. — Bref ! où nous logez-vous ?
demanda M. Kersan. — Dans la
chambre au-dessus, messieurs, répondit de suite l'hôtesse ; justement
il y a deux lits, je vais y mettre des
draps. — Allez donc vite, et ne
perdez pas de temps, répliqua le
même. »

En attendant qu'ils soient installés.
dans leur nouveau logement, retour-
nons aux Rochers.

———

~~~~~~

CHAPITRE VI.

Quelques explications sur la famille Dutremblay. —
Situation de Laure. — Origine de l'écho du jardin
des Rochers. — Demande accordée. — Projet à
l'occasion d'un mariage.

———

Plus d'un mois était déjà passé
depuis l'arrivée de la famille Dutremblay au château des Rochers.
Aucun changement avantageux ne
s'était opéré dans leur situation physique et morale. Au contraire, chaque jour qui s'écoulait apportait,
pour ainsi dire, une peine de plus;
car l'espoir qu'ils avaient conservé
de voir le temps réparer leur mal-

heur, s'éteignait insensiblement.
« Peut-être, s'étaient-ils dit dans
leur affliction profonde, notre dé-
placement, un autre pays, la vue
d'objets étrangers, le calme de la
solitude, rameneront-ils la paix dans
l'âme de notre fille chérie, cette
douce paix qui semble s'en être éloi-
gnée pour toujours, quoique nous
ignorions la cause de sa langueur. »
C'est pourquoi ils avaient résolu d'a-
bandonner leurs amis, leurs parens,
le lieu qu'ils habitaient, pour venir
se réfugier avec leur douleur dans un
coin de la Bretagne. M. d'Osmond,
frère d'une femme bien à plaindre en
sa qualité de mère, les avait suivis,
autant par attachement de cœur,
que par l'habitude de vivre ensemble, qui était devenue pour lui un
besoin indispensable. Ce n'était pas
sans regret; mais il en aurait eu

davantage à demeurer éloigné d'eux.
Vainement avait-il voulu les dissua-
der du parti auquel ils s'étaient arrê-
tés définitivement, et qu'ils avaient
commencé à mettre de suite à exé-
cution en achetant la terre des Rochers, qui se trouvait à vendre. Pour
ressource contre le déplaisir qu'il
éprouvait du changement de domi-
cile, il conservait l'espérance de retour. Ces motifs, qui l'avaient dé-
terminé à partir, le retenaient dans
ce nouveau séjour, moins encore
que la tendre amitié qu'il avait pour
sa nièce. Cette jeune personne était
ce qu'il aimait le plus au monde.
Il n'ignorait pas absolument d'où
pouvait provenir la cause d'une maladie morale, qui faisait même craindre pour la vie de celle qui en était
atteinte ; mais il se gardait bien de
communiquer là-dessus ses idées

purement conjecturales. L'extrême
susceptibilité de son beau-frère l'ef-
frayait; la connaissance qu'il avait
de son honneur exigeant et de la
sévérité de ses principes, l'empêchait
de s'ouvrir sur un point aussi délicat. D'ailleurs, ne concevant que
des soupçons, comment les mettre
au jour? Il renfermait donc soigneusement au-dedans de lui-même de
simples présomptions balancées par
le doute. Madame Dutremblay était
plus capable que personne de pénétrer ce mystère; mais, soit qu'elle
n'eût pas la même pensée que son
frère, soit qu'elle craignît d'interroger sa fille, ou que celle-ci se fût
constamment refusée à toute explication, elle ne savait, ainsi que son
mari, à quoi attribuer le malheur
qui pesait sur eux. La perte de leur
unique enfant eût été en quelque

sorte moins cruelle que le tableau dé-
chirant qu'ils avaient sous les yeux.
Laure ne connaissait plus les auteurs
de ses jours, elle ne connaissait plus
personne : celle qui avait été la joie,
l'orgueil de ses parens, heureux au-
trefois des témoignages naïfs de sa
tendresse, les voyait comme des
étrangers, d'un œil indifférent. Leurs
cruelles souffrances, qu'elle aurait
dû s'imputer à elle-même, ne la tou-
chaient point, parce que les siennes
propres avaient brisé son cœur, qui
suffisait à peine au sentiment trop
douloureux de ses maux. L'idée ac-
cablante de ce qu'elle souffrait paraissait fixe et solitaire dans son
esprit presque anéanti, comme sa
raison, et n'en concevant plus aucune autre.

Laure se trouvait placée dans une
telle situation. Une morne stupeur

avait remplacé l'aimable enjouement
qui ajoutait naguère aux grâces sé-
duisantes d'une beauté maintenant
flétrie. A la voir, on ne peut plus
reconnaître ce qu'elle a été : ses attraits effacés ne vivent que dans le
souvenir et les regrets inutiles. Semblable à une fleur qui, desséchée
sur sa tige par les feux d'un soleil
brûlant, se penche au soir vers la
terre, elle semble s'incliner aussi
vers la tombe. Combien elle est chan-
gée ! aujourd'hui ce n'est plus que
l'ombre d'elle-même : ce charmant
visage, qui fut embelli par le doux
sourire, est empreint des traces d'une
douleur sombre ; ces yeux couleur
d'azur, qui joignaient à l'expression
d'une douce mélancolie le charme
de la vivacité, sont ternes, égarés ;
son regard, si différent de ce qu'il
était, ne pénètre plus l'âme d'une

émotion agréable, il serre le cœur ;
on cherche même à l'éviter. Quelle
triste pâleur a fait disparaître la fraîcheur de son teint, qui fut un com-
posé de lis et de roses ! Les longs
cils qui bordent ses paupières, ses
sourcils noirs, arqués, ajoutent à
son effet, ainsi que ses cheveux de
même couleur, lissés de chaque côté
du front. Sa bouche demeure entr'ouverte, à cause d'une respiration
courte et embarrassée qui l'oppresse ;
ses lèvres sont décolorées. Sa démarche n'est plus légère ; elle chan-
celle ; et sa grande faiblesse lui fait
souvent chercher un appui nécessaire sur le bras de sa suivante.

Tous les jours, errant comme une
ombre dans le vaste jardin du château, elle cherche les lieux les plus
isolés. A l'entrée du parc, lieu préféré de ses promenades habituelles,

elle fait signe à Justine de s'arrêter,
Justine la voit ordinairement se di-
riger vers l'endroit le plus sombre.
Souvent elle s'assied au pied d'un
arbre, la tête appuyée dans ses deux
mains. Quelquefois elle se lève avec
promptitude, comme si un bruit
soudain avait frappé son oreille; elle
regarde autour d'elle, semble écou-
ter attentivement, et ensuite se ras-
sied dans la même position. On la
voit aussi marcher à pas précipités,
s'efforçant de courir, et s'arrêter
bientôt comme une personne lasse,
en s'appuyant contre un des arbres
du parc. Quelque temps après, elle
revient en suivant l'allée du milieu,
la tête penchée, dans l'attitude de
la réflexion ou de la rêverie; ou
bien elle se parle à elle-même, levant les yeux vers le ciel, comme
pour l'implorer par les élans de son

cœur, qu'elle presse alors de la main
gauche, tandis que l'autre désigne
la direction de ses regards. Enfin
elle retrouve Justine, reprend son
bras, traverse le jardin, et rentre
dans son appartement. Là elle veut
être seule, et permet rarement qu'on
vienne la visiter. Elle admet Justine
de préférence. Si son père ou sa
mère s'en approchent, elle s'éloigne,
détourne les yeux, et ne répond que
par quelques paroles sans suite aux
questions bienveillantes qui lui sont
adressées. Elle repousse également
les prévenances et les marques de
tendresse. Si l'on insiste, en té-
moignant par des larmes la peine
qu'elle cause, elle regarde fixement,
et dans un état d'immobilité com-
plète, presque toujours semblable
dans les mêmes circonstances. La
douleur d'un père infortuné, d'une

tendre mère, s'en augmente; ils
commencent à n'y voir d'autre terme
que celui qui, finissant tous les cha-
grins, est appelé par le vœu du
désespoir.

Un matin Laure se promenait au
jardin avec Justine : il arriva qu'elles
se trouvèrent éloignées l'une de l'autre, et à une trop grande distance
pour s'entendre parler réciproque-
ment. Laure vint s'arrêter près d'un
massif de *dalia* en fleurs : Justine
l'observait comme de coutume, mais
de loin ; elle la vit détacher une fleur
de l'arbuste étranger, l'effeuiller ensuite. Il ne restait plus dans sa main
que la tige surmontée du calice et des
parties internes. Paraissant comme
regretter cet acte de destruction, elle
s'occupa du soin frivole de rassembler
tous les pétales semés sur la terre, et
voulut rétablir la fleur dans son pre-

mier état. Après l'avoir inutilement
essayé, Laure renonça à ce dessein,
que, chez une autre personne de
son âge, on eût pu juger puérile. Sa
physionomie sombre en prit un caractère particulier de tristesse. Sans
doute elle imaginait un rapport quelconque entre les débris de cette fleur
éteinte et son propre dépérissement.
En la regardant faire, Justine, qui
interprétait ainsi le jeu de ses mou-
vemens expressifs, se dit à elle-
même, ne pouvant s'empêcher de
soupirer : *Ah! c'est comme à toi,*
pauvre Laure! il n'y a plus de re-
mède. A ces mots, que Justine pen-
sait ne pouvoir être entendus de sa
jeune maîtresse, tant à cause de son
éloignement que du ton de voix
basse dont ils étaient prononcés,
celle-ci tressaille, se trouble, s'agite,
exprime par ses gestes et son main-

tien animés l'extrême surprise qu'elle éprouve. Elle ne peut s'en rendre compte, puisqu'elle reconnaît qu'il n'y a personne à ses côtés, que cependant cette voix semble partir d'auprès d'elle, et résonne encore à son oreille. Ne sachant si c'est elle-même qui a parlé, et pour comparer l'effet de sa voix avec celle qu'elle a entendue, elle répète les mêmes paroles : *Ah ! c'est comme à toi, pauvre Laure ! il n'y a plus de remède.*

Alors autre étonnement de la part de Justine, qui ne concevait pas comment il était possible de lui rendre ainsi son propre langage.

Laure, intimement persuadée que les mots qu'elle avait recueillis n'avaient pas été d'abord prononcés par elle-même, y vit un avertissement surnaturel, et ajouta avec un accent douloureux : « Oui ! il n'y a plus de

remède; car je dois bientôt mou-
rir. »

Justine ne put méconnaître un
pareil accent; il n'appartenait qu'à
sa maîtresse. Eh! quel autre eût pu
s'exprimer d'une manière si touchante! Justine comprit facilement
qu'il y avait là un écho souterrain,
servant de porte-voix. Mais Laure,
très effrayée de ce qu'elle appelait
une fatale prédiction, ne voulut jamais goûter une explication toute
naturelle; et ce fut en vain que,
pour la désabuser de son erreur,
Justine proposa instamment de re-
commencer une épreuve due, la première fois, à l'effet du hasard, et qui
avait produit une trop vive impression sur l'imagination frappée de
l'infortunée Laure. Jamais ensuite
elle ne consentit à s'approcher du
même endroit. Sur le rapport de

Justine, on constata le fait de l'existence de ce singulier écho. Depuis
cette découverte, on a posé deux
marbres pour indiquer les deux
places de Laure et de Justine.

Pendant que cette scène se passait
au jardin, M. et madame Dutremblay et M. d'Osmond se trouvaient
réunis dans le salon à manger, faisant partie de cette tour, debout encore, où l'on retrouve les apparte-
mens et une partie des meubles de
la célèbre marquise. Il est toujours
décoré de son portrait et de celui de
sa fille. On y voit aussi le grand
fauteuil où l'avait tenue, pour ainsi
dire, clouée certain rhumatisme dont
elle raconte si plaisamment les souffrances, en donnant d'abord à de-
viner à la comtesse de Grignan. Une
table ronde, chargée d'un cabaret
pour le thé, était placée au milieu

du salon ; M. d'Osmond déjeûnait
seul. M. et madame Dutremblay,
qui venaient de renouveler un pénible effort auprès de leur fille,
avant sa sortie, avaient encore vu
leur tentative échouer ; et chaque
fois qu'ils étaient déçus dans l'espoir
de réussir, ils se sentaient plus acca-
blés sous le poids de leur malheur,
après en avoir fait l'épreuve, épreuve
récente, qui, condamnant l'espérance contraire, les rejetait dans le
découragement.

M. d'Osmond les pressait inutilement de suivre son exemple ; ils ne
répondaient point à ses instances,
chacun d'eux paraissant sonder l'a-
bîme de sa douleur.

Sur ces entrefaites, Dubois vint
annoncer que le fermier du domaine
et le garde-chasse, accompagnés de
leurs enfans, désiraient parler à

monseigneur. « Qu'ils entrent, dit
M. Dutremblay. »

Ils se présentent, fort embarras-
sés de leur contenance, le fermier
et le garde-chasse se renvoyant l'un
à l'autre l'honneur de porter la parole le premier. Après un débat
que la bienséance leur fait un devoir d'abréger, le garde-chasse s'a-
vance. « Monseigneur, dit-il, nous
venons vous supplier de nous accorder une grâce. — Laquelle? demande M. Dutremblay. — La fille
de votre fermier Jean, que voilà,
reprend Morin…. Approchez, Marie,
ajoute-t-il en s'interrompant lui-
même, et saluez nos maîtres (elle
s'incline d'un air bien timide)….
Cette jeune fille est la fiancée de
mon fils, sauf votre approbation,
monseigneur. — Mon approbation
n'est pas nécessaire. — Si fait! mon-

seigneur; je ne sais comment vous
dire.... — Parlez. — C'est que Jean
ne veut pas bâiller sa fille à mon
Michel, à moins qu'il n'hérite de
ma place.... Ouf! voilà le grand mot
lâché, dit à part le garde-chasse en
s'adressant aux siens. » Puis, revenant à l'objet de sa supplique :
« Plaira-t-il à notre bon seigneur,
continue-t-il, de nous garder à son
service de père en fils? — Le fils
ne sera pas au mien, répond en
soupirant M. Dutremblay. » Son
épouse et M. d'Osmond, qui le com-
prennent parfaitement, baissent les
yeux; mais sa réponse, mal inter-
prétée, a jeté les solliciteurs dans
le plus grand trouble : ils croient
avoir éprouvé un refus. Marie et
Michel surtout demeurent interdits.
« Vous nous refusez donc, monseigneur? reprend Morin d'un ton do-

~~~~~~

CHAPITRE VII.

Description épisodique du printemps. — Contraste.
— Une rencontre. — Surprise, incertitude. —
Rapport de Dupré.

———

Cependant la campagne a changé d'aspect ; devenue plus riante, elle possède tous les charmes du printemps ; les arbres, les champs, les prairies, ont retrouvé leurs parures avec les ornemens naturels qui en relèvent l'éclat. Quelque part que se portent les yeux, agréablement surpris, une jouissance nouvelle pénètre les sens, émeut puissamment le cœur, et paie à l'âme le tribut de ses fraîches et

délicieuses sensations, pures comme
la source dont elles découlent, aimables comme la rosée du matin.
Ce n'est plus Flore, déité du paga-
nisme, qui répand ses dons sur la
terre; la corne d'abondance, d'où
s'échappent en profusion les fleurs
et les fruits nourrissans, n'est point
celle de la chèvre d'Amalthée. Seule,
la divine Providence préside à ces
distributions, où rien de ce qui peut
faire plaisir à l'homme sage n'est
épargné. Ce n'est pas assez de ré-
jouir notre vue par de rians tableaux,
de faire couler des ruisseaux de lait
et de miel, en un mot de servir la
table de l'homme de tant de mets
aussi simples que savoureux, elle
suspend des concerts sur sa tête,
non-seulement pendant son repas
champêtre, alors qu'assis sous l'om-
brage il entend les chants du ros-

signol caché dans la feuillée, mais
elle en prolonge l'harmonie tant que
le soleil est sur l'horizon, et tant que
la nuit n'a pas étendu son voile
sombre. Je me trompe! quand le
sommeil vient lui fermer les yeux,
les soupirs cadencés de Philomèle,
amie de la solitude et du silence de
la nuit, flattent encore son oreille,
et charmeront aussi son réveil.

Le mois de mai est, pour ainsi
dire, l'époque d'une création nouvelle; car le séjour de l'homme subit
alors une entière métamorphose.
Près de son habitation rurale, les
cerisiers et les poiriers à fleurs blanches semblent se couvrir au printemps de la neige de l'hiver. Il s'en
exhale un parfum délicat qui im-
prègne l'air d'émanations vivifiantes.
Les fleurs du pommier, mélangées
mi-partie de blanc et de rose, ne

brillent pas d'un moindre éclat. C'est
l'oranger de nos champs : comme cet
arbre étranger, il n'est pas fleuri toute
l'année, mais ses pommes colorées
procurent une boisson cordiale et sa-
lutaire, que le Breton n'échangerait
pas volontiers pour les pommes d'or
du jardin des Hespérides. Les chênes
verts, les châtaigniers touffus, en pro-
mettant une récolte abondante de
leurs farineux, offrent encore de
doux asiles au repos sous leur épais
feuillage. L'écureuil, vif et alerte,
sautant d'un arbre à l'autre au moyen
de sa longue queue, garnie de beaucoup de poil, qui, se déployant à propos, ajoute à son agilité, y trouve
un abri et sa nourriture. Doué d'un
instinct prévoyant, il amasse des
provisions dans le creux d'un arbre
pour le temps de la disette. Maintenant, entre les branches étagées,

est une volière qui ne ressemble pas
aux nôtres : point de fils ni de bar-
reaux qui en tiennent les habitans
captifs. Ceux-ci, libres dans leurs
caprices et tendres ébats, voltigent
d'un palais de feuillage à l'autre, se
poursuivent, s'attaquent, se fuient
pour se joindre encore. Ce combat
n'est qu'un jeu entre deux athlètes,
où un seul vole après la victoire,
l'autre désirant être vaincu. De pa-
reilles luttes se multiplient de tous
côtés, et ne fixent pas toute l'attention de celui qui en est le témoin.

Ici le coucou solitaire fait entendre son chant uniforme, coupé par
des silences égaux ; là les gémisse-
mens amoureux du ramier, se mê-
lant au chant varié de la tourte-
relle plaintive, du merle siffleur, du
joyeux pinson et de la fauvette, son
émule, forment la basse de ce chœur

mélodieux, auquel se joignent, par
intervalle, les accens modulés des
autres oiseaux qui célèbrent à l'envi
les plaisirs de l'hymen, et le mystère de leurs amours. C'est pour
eux le temps d'aimer. Que manque-
t-il à la pompe de leurs noces? La
nature étale partout le trésor de ses
beautés printanières. Les bassinets
dorés, l'hyacinthe bleue, les fleurs
de safran, le trèfle empourpré, la
marguerite radiée, dont le port élé-
gant lui a fait donner le surnom de
reine, comme s'élevant au-dessus
de la foule gracieuse de ses compagnes, émaillent la verdure des
prairies. Celle-ci attire d'abord dans
son sein épanoui de brillans pa-
pillons, qui la quittent bientôt pour
offrir à de plus modestes un inconstant hommage, répété sans cesse
de l'une à l'autre. Sous un ciel d'a-

zur, le zéphyr, qui se plaît surtout
au bord des ruisseaux, à cause de
leur fraîcheur et de leur doux murmure, souvent court imprimer par
son léger souffle de molles ondula-
tions aux prairies, qu'il rend semblables à la surface ridée d'un lac.
Si le ciel vient à se couvrir de nuages,
et qu'un fils d'Éole plus violent agite
les graminées, il s'en élève alors
un tourbillon de poussière, comme
d'une plaine poudreuse : c'est le
pollen des étamines, poussière fé-
condante, que le vent disperse selon
les vues d'un ordre immuable et
particulier, établi pour la reproduc-
tion des plantes. Ainsi tout est dans
l'ordre : ce que nous appelons un
mauvais jour n'est qu'une sage com-
binaison de la Providence. Mais ces
nuages sont passagers, le soleil re-
luit bientôt, et tout rentre dans le

calme. On entend de nouveau le
bruissement du grillon caché sous
l'herbe; la caille voyageuse appelle
sa compagne, et y prépare son nid.
Du sein d'une aubépine fleurie ap-
paraît le bouvreuil qu'on croirait dé-
chiré à ses taches de sang, qui ne
sont qu'un ornement de son plumage. Le chardon voit se poser sur
ses touffes cotonneuses l'oiseau dont
le nom est emprunté du sien, et
qui brille à l'égal d'une fleur diaprée
des vives couleurs de la topaze et
du rubis, sur cette plante rude et
sauvage.

　La haie qui sépare la prairie du
champ voisin offre encore d'autres
agrémens. La jeune fille y va cueillir
la rose simple de l'églantier; les
ronces y attachent leurs bouquets
de fleurs d'un bleu mourant, le
chèvre-feuille ses lianes odorantes

qui pendent en festons. Le rouge-
gorge, la tête-noire élèvent là leurs
petits. Ils sont défendus par les
épines des néfliers et des autres buissons qui les abritent au-dehors.
Leurs gazouillemens expriment sans
doute les douces joies de la famille,
et appellent de maternelles caresses
également partagées entre tous.

Veut-on changer de scène et visiter d'autres objets? Voici un champ
de bled qui s'étend par longs sillons,
comme un beau tapis vert. Dès qu'il
commence à jaunir, les coquelicots,
les bluets azurés, l'anielle pourprée,
forment d'agréables contrastes avec
les nombreux épis, mollement ba-
lancés sur leurs tiges longues et
flexibles. Le lièvre peureux y cherche un gîte; la perdrix, l'une au plumage d'un gris cendré, l'autre, plus
riche en couleur, y couvent en silence

leur nombreuse postérité, tandis que l'imprudente alouette s'élève en chantant dans les airs à perte de vue, et se trahit elle-même en suivant une direction perpendiculaire à son nid.

Plus loin, une terre en jachères est pourvue aussi de ses agrémens naturels. La digitale pourprée, le genêt doré se mêlent et se confondent. Le serpolet parfumé et la marjolaine en fleurs, attirent des convives à ce banquet sans apprêt.

Le partage de l'homme est plus noble et infiniment plus riche. Si la divine Providence a songé à ses plaisirs, elle a fait ressortir à ses besoins une grande variété d'alimens. L'embryon du fruit se cache au sein d'une fleur : c'est ainsi que, dans ses vues admirables, sont confondus l'agréable et l'utile. Heureux qui peut goûter ses bienfaits, reposer ses douces rêve-

ries là où elle répand ses dons à
pleines mains! Mais quand le malheur nous accable, la plus belle
campagne est un séjour de deuil;
et l'on vit avec le chagrin au milieu
des seuls élémens qui composent le
vrai bonheur.

Telle était la position de la famille Dutremblay. A leurs yeux, le
printemps n'avait aucun charme, la
campagne nul attrait. Ils ne sentaient que leur douleur, qui absor-
bait en eux toutes les facultés de
l'âme. L'objet si cher de l'affliction
commune, l'infortunée Laure, était
encore moins susceptible d'éprouver en elle-même une sensation cal-
mante. Dans ses promenades jour-
nalières, elle n'aimait pas à s'éloigner du parc. Fuyant, pour ainsi
dire, le grand jour, les lieux les plus
retirés et les plus sombres l'attiraient

de préférence. Apparemment il y
avait là quelque harmonie secrète
entre une triste solitude et ce qu'elle
ressentait intérieurement. Aussi di-
rigeait-elle rarement ses pas d'un
autre côté. Quelquefois on la voyait
descendre dans la prairie, toujours
accompagnée de Justine. Si celle-ci,
désireuse de lui plaire, cueillait des
fleurs pour les offrir à sa maîtresse,
le bouquet n'était point accepté. En
refusant de les recevoir, Laure prenait la main de Justine, la posait
sur son cœur, pour lui faire comprendre, par la fréquence de ses
battemens, son extrême agitation.
Peut-être voulait-elle dire : *Lorsque
je souffre ainsi, puis-je me parer de
ces fleurs !* Ses regards semblaient
du moins exprimer un pareil sentiment; et Justine, émue de compassion, fondant en larmes, baisait

ses deux mains l'une après l'autre,
comme pour lui témoigner tout son
attachement. Laure parlait fort peu ;
croyant faire plaisir à sa jeune et
malheureuse maîtresse en suivant
son exemple, Justine ne se hasar-
dait guère à rompre le silence. Si
un mot venait se placer de temps
en temps dans la bouche de Laure,
il caractérisait sa situation, ou le
vague de la pensée qui s'offrait tout
à coup à son esprit. En côtoyant la
rivière, il lui arriva de dire : *Cette
eau coule bien lentement ! ma vie, à
moi....* Il ne fut pas difficile à Justine
d'achever sa pensée. Cherchait-elle
à la distraire en appelant son attention sur ce qui était fait pour l'exciter? soins inutiles. « Mademoiselle,
entendez-vous le rossignol ? — Il
chante, répondait-elle froidement. »
Ses accens n'allaient point à son

cœur; rien d'étranger à la douleur
ne paraissait plus propre à l'émouvoir. Le plus souvent ses réponses
manquaient de sens, effet naturel
du désordre de ses idées.

Un soir, après le coucher du soleil,
elle revenait au château, fatiguée de
sa promenade; le jour était à son
déclin, et les ombres descendaient
dans le vallon. Quoique bien lasse,
elle avait refusé le bras de Justine,
voulant marcher seule en avant. Justine, pour lui obéir, était assez loin
en arrière de sa maîtresse, qui ne
suivait point le sentier tracé de la
prairie, s'en écartant tantôt à droite,
tantôt à gauche. Sa longue robe
blanche, à plis ondoyans, flottait
au gré de la brise du soir. En la
voyant seule fouler doucement le
gazon fleuri, l'imagination prévenue
aurait pu se figurer aisément un de

ces êtres fantastiques, errant çà et
là, comme de follets météores. Dans
leurs apparitions soudaines, à l'heure
où la superstition se balance sur les
crédules mortels, quelques sylphi-
des ont dû adopter une forme semblable à son corps délicat, et s'a-
juster un vêtement aussi léger que
le sien. Une ceinture de velours
noir, serrant le contour de sa taille
fort déliée, et un grand voile blanc,
jeté négligemment sur sa tête nue,
ajoutent à l'illusion.

Tout à coup quelqu'un s'arrête
sur son passage. Cependant Laure
ne l'aperçoit pas, et le dépasse bientôt en continuant de marcher d'un
pas égal. « O Dieu ! me trompé-je !...
ne serait-ce point elle ? » A cette exclamation subite, qu'elle pourrait
avoir entendue, Laure ne se retourne point. L'étranger, stupéfait,

frappé d'une telle rencontre, ne sait
s'il doit sur-le-champ éclaircir un
doute qui fait palpiter son cœur, en
s'approchant plus près de celle qu'il
croit reconnaître ; mais il n'ose....
Si son premier mouvement a été de
lui parler, la réflexion l'a promptement retenu. Dans cet état, il demeure immobile d'étonnement, de
crainte et d'espoir. « Je n'ai point
distingué ses traits, se dit-il à lui-
même, mais c'est bien là sa tournure.... cependant sa démarche
était plus vive.... néanmoins il y a
un rapport singulier.... enfin mon
cœur semble me dire que c'est elle.
Oui, mais comment l'aborder? »

Pendant ce soliloque, il regardait
toujours Laure, qui s'éloignait de
plus en plus. Peu après, Justine,
qui s'avançait derrière lui, vint à
passer à ses côtés. Pour celle-ci, il

n'hésita pas de lui adresser la parole.
» Mademoiselle, demanda-t-il du
ton de l'empressement, vous êtes
sans doute attachée au service de
cette dame qui est devant nous? —
Oui, monsieur. — Son nom, s'il
vous plaît? dites-moi son nom! »

Justine, très surprise de la vivacité de ses questions, le regardait
en rougissant. Néanmoins, ne voyant
pas d'inconvénient à satisfaire sa curiosité, qui lui semblait fort étrange,
elle répondit sans hésiter : « Ma maîtresse s'appelle mademoiselle Dutremblay. — Mademoiselle Dutremblay! répéta-t-il alors fort étonné; ce
nom n'est point le sien. »

Justine ne comprenait pas le sens
de ces dernières paroles; et, comme
il paraissait rêver profondément, elle
fit un pas pour s'éloigner. Ce mouvement le rappela aussitôt à lui-

même. « Mademoiselle, reprit-il,
de grâce, encore un mot! êtes-vous
bien sûre qu'elle s'appelle Dutremblay? » Justine ne concevant rien à
un pareil discours, et ne pouvant
s'empêcher de sourire de la question : « Certainement, monsieur,
dit-elle fort étonnée. » Ensuite il la
laissa aller, ne songeant point à la
retenir plus long-temps, ni à lui
faire d'autres questions. Incertain,
malgré cette courte explication, qui
semblait devoir trancher toute espèce
de doute, il resta quelque temps fixé
à la même place, une main appuyée
sur le front, comme un homme fort
embarrassé de ce qu'il doit croire définitivement. Toutefois, après beaucoup de réflexions, il finit par convenir avec lui-même que cette fille,
n'ayant pas intérêt probablement de
l'induire en erreur, n'avait point dis-

simulé le vrai nom de sa maîtresse.

« D'ailleurs, pensa-t-il naturellement, si je m'en souviens, n'a-t-elle
pas ri de ma question répétée, comme
si j'eusse douté que sa maîtresse
s'appelât mademoiselle Dutremblay.
Allons, on ne joue pas ainsi l'air
d'étonnement! Elle s'appelle donc
mademoiselle Dutremblay! » Il pro-
mena ses regards errans autour de
lui, crut encore voir Laure; et, se
retraçant son image, il ajouta enfin :
« Pourtant, combien il y a de ressemblance! que n'ai-je vu son visage! »

Mais le crépuscule prenant la teinte
plus sombre de la nuit, Kersan fut
obligé de regagner le village. Chemin
faisant, il rêva aux moyens de revoir
Laure; car la réponse de Justine,
toute naturelle qu'elle fût, ne le sa-
tisfaisait pas entièrement.

Rentré chez son hôtesse, il se retira tout de suite dans sa chambre,
où Dupré, qui l'attendait, commençait à s'inquiéter de son absence.
Depuis qu'il occupait ce modeste logement, il n'avait pas coutume de
revenir si tard. « Enfin vous voilà,
monsieur, lui dit Dupré permettez-
moi de vous l'observer, je commen-
çais à perdre patience. Votre promenade aujourd'hui s'est prolongée
jusqu'à dix heures, qui sonnent à
l'horloge de la paroisse. Les entendez-vous, monsieur?... Est-ce que
mon maître a enrichi son *album*
de quelque nouveau dessin qui l'a
retenu sur les lieux? Moi, qui ne
suis point amateur paysagiste, je
me meurs d'ennui. — Dupré, je l'ai
vue, répondit Kersan l'esprit préoccupé. — Et moi aussi, reprit le valet
sans le comprendre. Prenez garde,

je soupçonne que nous sommes dé-
couverts. — De qui parles-tu donc?
— De votre future, apparemment.
Je pense que c'est d'elle seule que
vous vous occupez. — Point du tout!
— Si cette réponse-là, monsieur,
parvenait à sa connaissance, plus
de cadeau de noces pour votre serviteur. Mais je ne vous entends pas.
— (Kersan, d'un air rêveur.) J'ai
eu tort de te faire cette demi-confidence. — Votre indiscrétion ne m'a
rien appris, je vous jure. — D'ailleurs ce serait trop long à te conter.
— Comme il plaira à monsieur. —
Il m'a semblé tout à coup que je
l'avais retrouvée.... Je l'aimais pas-
sionnément.... Qu'elle était belle!...
Douceur angélique!... pourquoi la
fuir, quand j'étais si heureux de son
amour!... Une créature charmante!
toute aimable, remplie d'attraits, de

perfections uniques!... Hélas! » Ces
mots, entrecoupés et sans suite,
étaient lentement prononcés, avec
une vive expression de tendresse mê-
lée de regrets. Se ravisant bientôt,
et d'un ton impératif : « Dupré,
oublie ce qui vient de m'échapper;
ne sois pas indiscret surtout. — Je
n'ai garde, monsieur : ce que j'ai
entendu n'est pas trop clair, et je
me donne au diable, si je conçois
rien à vos profonds soupirs et à un
langage aussi énigmatique. Mais je
dois vous communiquer, sur une
chose fort importante, des soupçons
qui me paraissent très fondés. Notre
hôtesse, que j'ai fait jaser par passe-
temps, m'a rapporté qu'un jeune
paysan, au service de M. d'Étrelles,
était venu s'informer qui nous étions.
Elle lui a demandé de quelle part.
Comme sa leçon était faite, il n'a

point voulu trahir ses instructions;
mais il est aisé de s'imaginer le motif qui le faisait agir. N'en prenez-
vous aucun souci, monsieur?» Kersan, le coude appuyé sur une petite table de chêne, placée au milieu
de la chambre, ne répondait mot à
à Dupré, qui se tenait debout, en
vis-à-vis. « Il paraît que monsieur
ne m'a pas entendu, continua Dupré d'un ton respectueux. (A cette
interpellation, Kersan, sortant de
sa rêverie :) «Non, qu'as-tu dit?»

Alors Dupré lui fit une seconde
fois son rapport. Il ajouta que le
soir on lui avait montré madame de
Marcille passant à pied dans le village, et qu'il ne supposait pas, à
l'excursion de cette dame, d'autre
but que celui de chercher à voir son
maître, comme par hasard. Kersan
n'y parut faire aucune attention, et

Dupré ne put s'expliquer à lui-même
la cause d'une indifférence si mar-
quée. Tout était une énigme pour
lui : le nouveau langage de son maître, ses regrets, ses souvenirs, la
préoccupation de son esprit. Toutefois, ce dont il s'apercevait assez
clairement, c'est que l'objet de ses
nouvelles pensées, qu'il ne connaissait point, était autre que la jeune
veuve ; et Dupré ne se trompait
pas à cet égard. La rencontre du
soir avait réveillé dans le cœur de
l'homme inconstant de tendres souvenirs, qu'il se repentait d'avoir déjà
presque effacés de sa mémoire. Ce
n'était pas là le seul reproche qu'il
eût à se faire, et cette idée sombre
avait quelque chose de douloureux
qui répandait de l'amertume sur le
plaisir de sa mélancolie.

Les bâillemens étouffés de son

domestique, attendant sa permission pour se mettre au lit, le firent revenir à lui-même. « Couche-toi, dit-il à celui-ci. — Est-ce que monsieur n'en va pas faire autant? » demanda Dupré. Sans répondre, il se leva dans ce dessein; mais il ne put reposer paisiblement de toute la nuit. Le sommeil vint enfin fermer ses paupières à la pointe du jour; il dormit une partie de la matinée, et ne s'éveilla qu'au bruit qui se faisait en dehors de la maison.

CHAPITRE VIII.

Un dimanche. — Sortie de la messe. — Conduite
équivoque de madame de Marcille. — Légèreté de
caractère de Kersan. — L'intérieur d'un cabaret de
village, et ce qui s'y passe. — Conversation du
dehors.

C'était un dimanche ; les habitans
de la paroisse sortaient en foule de la
grand'messe. En y songeant, l'idée
vint à Kersan que madame de Marcille
était sûrement à l'église. Sans autre
réflexion, il saute de son lit pour
tâcher de la voir, et court promptement entr'ouvrir avec précaution les
rideaux d'indienne de la fenêtre ouvrant en face de la porte de sortie,

En effet, il la vit bientôt paraître,
accompagnée de son père et suivie
de domestiques en livrée. Une pauvre femme était assise sous le vesti-
bule, et attendait là quelques secours
de la charité des fidèles. Madame de
Marcille s'arrête, ouvre sa bourse,
y prend une pièce de monnaie que
Kersan, qui suivait tous ses mouve-
mens, juge devoir être un petit écu
la donne ensuite à cette femme, qui
ne lui avait point tendu la main au
passage, n'ayant pas coutume de
rien recevoir de sa générosité, et
n'espérant pas surtout une aumône
aussi forte. Deux autres mendians
infirmes, témoins de cette bonne
action, s'approchèrent à leur tour,
et eurent part également à sa bienfaisance. M. d'Étrelles paraissait mé-
content : cette expression, fort naturellement peinte sur sa figure de

mauvaise humeur, n'échappa point
à l'observateur Kersan , non plus
que l'air de bonté particulière de sa
fille. Cette scène lui fit un vrai plaisir , et il se sut bon gré d'en avoir
été le spectateur invisible. Il s'unis-
sait aussi d'intention aux remercî-
mens répétés de ces pauvres gens,
qui accablaient leur bienfaitrice de
bénédictions. La suivant des yeux
jusqu'à ce qu'elle eût tourné l'église
pour retourner au château , il se dit
à lui-même : « Elle est donc charitable ! c'est du moins une bonne
qualité ; son joli visage en acquiert
une grâce de plus. »

S'il s'était rappelé le récit de Dupré , auquel il avait prêté trop peu
d'attention la veille , peut-être eût-il
conçu quelques soupçons sur la pureté des motifs d'une pareille action,
très louable en apparence , et l'eût-il

jugée autrement, surtout en remarquant la surprise bien naturelle des personnes qui en avaient profité. Cependant il pouvait ne voir là que la joie toute simple de recevoir une aumône. D'ailleurs, il ne s'était point mépris sur les sentimens du père; et, au reste, il lui importait assez peu de quelle nature ils fussent.

«Décidément, elle m'enchante!» Telle fut la conclusion instantanée de réflexions subites dont madame de Marcille était devenue l'objet. Inconstant dans ses goûts, de même que dans ses résolutions, Kersan se livrait avec ardeur aux impressions du moment, n'accordant pas assez la vivacité extrême de ses sentimens avec une sage et raisonnée persévérance. L'impression la plus nouvelle a sur lui plus d'empire que celle qui l'a précédée, lorsqu'elles se rappor-

tent toutes les deux au même but.
Cette légèreté de caractère ardent
et passionné nous donnera l'explication naturelle de sa conduite iné-
gale.

Déjà les pensées de la veille ne
sont plus aussi présentes à son esprit.
D'ailleurs ce n'est pas elle , il en est
sûr maintenant. Néanmoins il pren-
dra des renseignemens pour s'affer-
mir dans sa conviction ; et puisque
son mariage est affaire convenue, il
ne doit plus nourrir un espoir direc-
tement contraire à un projet d'alliance ménagé par sa famille , et entièrement digne de lui. « Une rup-
ture, ajouta-t-il, nullement motivée
aux termes où nous en sommes, serait un fâcheux éclat des suites du-
quel je ne prétends pas me rendre
responsable. Et puis n'est-il pas évident que je me suis fait illusion sur

une ressemblance à la vérité fort
singulière, mais qui n'est rien de
plus! Par quelle bizarrerie d'évé-
nemens, par quel hasard enfin se
trouverait-elle confinée aujourd'hui
dans un château de la Bretagne?...
Et il est impossible qu'on m'ait
trompé. »

Raisonnant ainsi, il descendit dans
la salle basse de l'auberge, qui, avec
un cellier contigu, composait tout
le rez-de-chaussée. On avait meublé
cette pièce comme le sont généra-
ment les maisons des paysans aisés :
le grand lit à langes pour la maîtresse, une épaisse couverture de
laine verte s'étendait de la tête au
pied, des rideaux de serge de même
couleur, repliés sur eux-mêmes,
tournaient autour de quatre co-
lonnes, qui, placées aux quatre an-
gles du lit, soutenaient une espèce

de dais carré, d'où pendait une ten-
ture pareille, surmontée d'un galon
s'arrondissant en dessin de spirale;
deux armoires, l'une en bois de
cerisier, l'autre de noyer, dépo-
saient, par le luisant de leurs ven-
taux, enjolivés de sculptures en re-
lief, et le poli des serrures brillantes
comme de l'acier, en faveur de l'as-
siduité des soins de la servante chargée d'entretenir la propreté du mo-
bilier. Au milieu de la salle, sur un
sol en terre, une longue table de
cerisier était accompagnée de chaque côté de deux bancs semblables.
On voyait suspendu aux parois de
la muraille quelques-uns des usten-
siles de la laiterie et ceux du mé-
nage en cuivre jaune, plus brillans
que lorsqu'ils sortirent des mains de
l'ouvrier.

Kersan fut surpris de voir nom-

breuse compagnie assemblée chez
son hôtesse. Personne ne le salua à
son entrée, excepté la maîtresse,
qui lui demanda comment il avait
passé la nuit. Les conversations particulières cessèrent du moment qu'il
parut, et chacun se mit à le consi-
dérer attentivement. Dupré, habit
bas, les manches de chemises re-
troussées, un bonnet de coton blanc
sur l'oreille, était à l'ouvrage devant
une casserole en terre, qui bouillait
sur le fourneau. « Je me suis trans-
formé en cuisinier, monsieur, à votre service, dit-il à Kersan dès qu'il
l'aperçut. J'accommode un bon civet
de lièvre, qui, grâces à mon savoir-
faire, sera délicieux, sur ma parole. »

Dupré était un homme de précaution, il songeait de bonne heure
à préparer le repas. Le matin, à
cet effet, il s'était adressé à l'hô-

tesse, selon l'habitude qu'il en avait
contractée depuis le premier jour de
leur résidence sur les lieux. « Qu'al-
lez-vous nous donner à dîner? » A
cette question, un homme de notre
connaissance, qui était présent,
c'est-à-dire le garde-chasse Morin,
tenant au bout d'une pincette un
charbon ardent pour allumer sa
pipe, cessa d'aspirer la fumée de
tabac, et, s'essuyant la bouche avec
le revers de la main, il appela l'hôtesse pour lui dire tout bas : « J'ai
là un fort lièvre dans ma carnassière,
prenez-le, nous nous arrangerons
pour le prix. » De seconde main il
fut offert à Dupré, qui l'accepta
bien volontiers. Tandis qu'il le dé-
péçait à l'aide de l'hôtesse, le fermier du domaine des Rochers était
venu trouver Morin; et, comme on
ne cause bien d'affaire que le verre

à la main, ils s'étaient attablés vis-
à-vis l'un de l'autre ; un pot de
cidre, qu'ils buvaient lentement,
servait de temps en temps de point
de repos à la conversation. Jean,
le fermier, avait endossé ce jour-là
l'habit du dimanche. Le pourpoint
de panne rouge joint les longues
guêtres de toile de chanvre, atta-
chées au-dessous du genou par des
jarretières de cuir noir. Il porte une
veste d'étoffe brune, et le surtout
pareil, les boutonnières cousues de
fil rouge. La forme de son grand
chapeau rond est entourée d'un large
ruban noir. Selon l'usage du pays,
usage qui remonte aux premiers
temps de l'Armorique, ses cheveux
longs lui couvrent les épaules.

Les bras croisés et appuyés sur la
table, lui et Morin s'entretenaient
en particulier du prochain mariage

de leurs enfans, et mêlaient à la
conversation certains propos sur
leurs maîtres. Kersan, se prome-
nant d'un bout à l'autre de la
salle, surprit quelques mots qui lui
firent désirer d'interroger le fermier.
Comme tous les paysans bretons en
général, il était ombrageux, assez
dissimulé, défiant et malin, sous
une apparence de naïveté. « Comment s'appelle le seigneur du château des Rochers? lui demanda
Kersan. — M'est avis que vous savez
son nom aussi ben que moi, répondit Jean en jetant sur le question-
neur un regard oblique; M. Dutremblay est déjà connu à la ronde.
— Ah! il s'appelle M. Dutremblay!»
A ces paroles, prononcées à voix
haute, Kersan ajouta *in petto* : « Cela
me confirme ce que j'ai appris hier...
Mais j'ai fait un oubli; j'aurais dû

m'informer aussi du prénom de la
demoiselle. » Il s'adressa au fermier
pour le savoir ; celui-ci répondit encore : « Le nom de baptême de notre
jeune demoiselle ? je vous le dirai
quand nous le saurons. On n'est
pas curieux à l'égard de ses maîtres.
— Vous ne pourriez pas me les dé-
peindre ? reprit Kersan. — Si fait !
répliqua le fermier ; ce sont de braves
gens, qui veulent bien le mariage
de ma fille. — Mais leur portrait ?
demanda Kersan.... comment sont-
ils de figure, à peu près ? Voilà ce que
je désirerais apprendre. — Tout-à-
fait tristes, finit par dire brusque-
ment le fermier, hésitant d'abord
de répondre. »

Jean, sans se douter du but de
la question, éludait une réponse
conforme au désir de celui qui l'in-
terrogeait. En un mot, il aurait pu

à cet égard satisfaire son interlocu-
teur, mais il s'y refusait par la raison
que nous avons donnée plus haut,
en définissant son caractère. Kersan
s'aperçut bien que son homme était
rusé, et qu'il biaiserait toujours dans
ses réponses. Cependant il continua
ainsi : « On m'a dit qu'ils ne sont
pas d'ici ; savez-vous d'où ils viennent? (Jean, après avoir bu d'un
trait un verre de cidre, et posant
avec bruit son gobelet sur la table.)
— Monsieur, vous êtes mal adressé,
dit-il avec humeur, je ne m'informe
jamais que du prix des différentes
espèces de grains, de ce que vaut
une bonne vache, une couple de
beaux bœufs, s'ils passent vingt pis-
toles : le reste ne me regarde point.
— Mais encore, par ouï-dire, in-
sista Kersan, vous pourriez savoir
ce que je vous demande, sans vou-

loir vous fâcher. — Ils ne sont pas
d'ici, c'est ce que tout le monde
sait, répondit le fermier en ajoutant :
Il paraît que notre pays leur plaît
mieux que celui qu'ils ont quitté,
voilà ce que chacun dit; qu'ils viennent de Paris ou d'une autre ville...
Kersan l'interrompant aussitôt : —
Ils sont de Paris, dites-vous ? —
Nenni dà, monsieur! ils peuvent
en être comme d'un autre endroit.
Madame la marquise de Sévigné,
notre ancienne maîtresse, y demeurait un espace de temps, ou bien
à Versailles : ce souvenir-là m'a fait
nommer Paris. » Dans cette réponse,
à dessein obscure, Kersan crut avoir
démêlé la vérité; et il demeura persuadé que la famille Dutremblay arrivait de Paris. Nouveau rapproche-
ment de circonstances, qui contri-
buait beaucoup dans son esprit à

rétablir l'incertitude sur un fait qu'il
désirait toujours éclaircir, peut-être
cependant avec moins d'empressement que la veille.

« A table ! à table ! s'écria Dupré,
étranger à la conversation, le civet
est cuit à point. »

On étendit une nappe de toile
grise près du fermier et du garde-
chasse, qui bientôt allaient lever
séance. L'un et l'autre riaient sous
cape; et Morin, qui avait laissé la
parole à son compagnon, approu-
vait fort sa grande réserve avec cet
étranger.

Le fermier Jean et le garde-chasse
Morin s'inquiétaient beaucoup de
savoir si M. Dutremblay ferait un
cadeau à leurs enfans, et de quelle
valeur, à l'occasion du mariage; ils
ne furent pas plus tôt sortis du village, qu'ils oublièrent totalement

l'étranger pour s'occuper de nouveau de leurs propres intérêts. Dans
une autre circonstance, l'entrevue
qui venait d'avoir lieu, et une série
de questions annonçant un désir de
curiosité qui vraisemblablement n'é-
tait pas sans but, auraient fourni
matière à la conversation du retour.
Mais certain sujet les intéressait
d'une manière plus directe, et ils y
revinrent tout naturellement. « Au
moins les frais de noce ne nous re-
gardent pas, » s'en vint dire Morin,
en exprimant du reste ses espérances de gratification comme une
chose obligée de la part du maître.
Jean visait au-delà des prétentions
de Morin. « Ce n'est pas assez, répondit-il; je compte ben sur un
trousseau complet pour la mariée,
et une bourse d'une centaine d'écus
à Michel. Il m'est souvenance que

madame la marquise en agit ainsi
avec moi et la défunte, il y aura
quarante-deux ans cette année à
la Saint-Laurent. La digne femme
que madame la marquise! généreuse!
oh! tout-à-fait généreuse! Dame! il
fallait voir.... De temps en temps des
remises à ses fermiers qui n'avaient
pas fait de bonnes récoltes, ou qui
avaient perdu du bétail. C'est un bon
exemple à suivre. — Pourvu qu'il soit
imité, répliqua Morin. Si notre maître en avait connaissance, il se pi-
querait d'amour-propre. — Écoutez,
compère, reprit le fermier d'un air
content de lui-même, me prenez-
vous pour un niais? pas si sot!...
J'ai là, ajouta-t-il en se frappant
le front, un maître d'école dans
ma tête. Dieu merci! le plus fin
qui a voulu ruser avec moi par le
temps passé n'avait pas affaire à un

oison : je prenais garde au piége.
C'est donc pour vous dire ce que
j'ai fait de mon estoc, sans la par-
ticipation et le conseil de personne.
J'ai soufflé deux ou trois mots de
politesse à M. Dubois. — A quelle
intention, maître Jean? — Vous le
demandez, Morin?» répondit le fermier le sourire sur les lèvres, et il
ajouta en arrêtant son compagnon
par le bras : « Quoi! vous ne devi-
nez pas. — Non, bonne foi! — Eh
bien donc! puisqu'il faut tout vous
dire; par forme de conversation, j'ai
rapporté à M. Dubois les marques
de bonté de madame la marquise.
A présent, comprenez-vous?...»

Ils continuèrent de s'entretenir
ainsi jusqu'à la ferme des Rochers.

~~~~~~

CHAPITRE IX.

Un curé de campagne. — Visite de M. d'Osmond au
presbytère.

———

Le mariage devait être célébré
dans la chapelle du château, selon
le vœu de la famille Dutremblay,
qui désirait y assister pour rendre
Laure témoin de cette cérémonie.
Mais il fallait obtenir du curé d'É-
trelles la dispense de se soumettre
à l'usage établi relativement à un
acte semblable, et le prier de venir
lui-même donner la bénédiction
nuptiale aux époux, puisqu'il n'y

avait point de chapelain à qui il
pût déléguer ses pouvoirs. M. d'Osmond se chargea de lui en faire l'invitation verbale, et de remplir les
formalités nécessaires. On ne le
connaissait pas ; il ne s'était point
encore présenté au château. M. Hervey (tel est le nom de ce curé) vivait sans sortir de son presbytère,
excepté pour visiter les malades et
les personnes qui, ayant besoin de
lui, réclamaient les bons offices de
sa charité. Alors il volait où ses de-
voirs l'appelaient, brûlant d'un saint
zèle pour les remplir. Tous les mois
en outre il faisait sa tournée pasto-
rale, s'arrêtant plus volontiers sous
le chaume du pauvre paysan que
dans la maison du riche, parce que
le premier avait surtout besoin de
consolations, qu'il savait répandre
dans le sein de l'infortune avec une

douceur persuasive et une onction
de paroles très propres à ranimer le
faible chancelant sous le fardeau de
la misère, et à rallier à son troupeau la brebis égarée. S'il témoi-
gnait aux malheureux plus d'atten-
tions, plus d'égards, c'est qu'aimant
à compatir à leurs peines, il était
rempli d'un ardent amour de l'humanité. A les soulager de son mieux,
il goûtait une joie particulière, approchant d'une sorte de volupté inconnue à la plupart des hommes.
Pour lui, pratiquer les bonnes œu-
vres n'était qu'un penchant de sa
nature, une simple habitude, qu'il
jugeait d'autant moins méritoire,
qu'elle lui était plus facile. Sa récompense présente naissait du plaisir de satisfaction qu'il éprouvait. En
élevant sa pensée vers un autre prix
bien plus désirable, il était loin de

se prévaloir, afin de l'obtenir, des
nombreux titres que lui créait à l'envi
la reconnaissance des pauvres. Par
l'exercice de vertus plus difficiles,
il s'efforçait de mériter un jour d'être
inscrit à jamais dans le livre de vie.

D'un autre côté, les riches et les
puissans n'étaient pas l'objet de son
indifférence. Sa mission évangéli-
que s'étendait sur tous, sans accep-
tion de personnes. Mais M. Hervey
s'était avoué à lui-même une sorte
de répugnance pour ceux dont le
cœur dur et avare demeurait sourd
aux plaintes des êtres souffrans. Un
tel vice était si opposé à ses propres sentimens ! Cependant il se
reprochait cette espèce d'aversion,
comme nuisible à l'amour du prochain. Ainsi, d'après ses dispositions intérieures, ou une tendance
involontaire, ce qu'il craignait le

plus après Dieu, c'était d'être taxé
justement d'une certaine singula-
rité, entraînant toujours quelques
défauts à sa suite. L'oubli d'un riche
de la terre eût pu passer pour une
espèce de mépris qui ne souillait
point la pureté de son cœur. Celui-là
était aussi compté au nombre de ses
ouailles. Mais il ne se considérait
que comme son pasteur, chargé de
veiller à son bien-être spirituel, évi-
tant soigneusement d'établir toute
relation contraire à ces vues reli-
gieuses, fût-elle autorisée, et même
rendue presque obligatoire par les
vains usages du monde. Fort peu
jaloux de s'y conformer, sa règle et
ses principes, en tous points, déri-
vaient d'une autre source, rappor-
tant tout à Dieu et rien aux hommes.

Si jusque-là M. Hervey ne s'était
point encore présenté au château

des Rochers, c'est qu'il en avait été
empêché par une maladie aiguë,
qui, le retenant étendu sur un lit
de souffrances, l'avait contraint d'interrompre le cours de ses tournées
pastorales. Depuis deux mois qu'il
languissait naguère entre la vie et la
mort, son âme était alors pleinement
résignée à la volonté de Dieu, lui
offrant ses douleurs en esprit de pé-
nitence. Ce n'était pas la première
fois que Dieu éprouvait ainsi son
fidèle serviteur. Enfin il venait d'entrer en convalescence, et sa santé,
très affaiblie, se rétablissait peu à
peu. Durant sa longue et cruelle
maladie, quel tableau touchant s'offrit souvent à la porte du presbytère !
Des femmes et des enfans en pleurs,
des pères de famille, des hommes
de tout âge, non moins affectés en
eux-mêmes, se pressant autour de

la vieille servante Madeleine, l'in-
terrogeaient en tremblant sur l'état
du malade. « Notre bon père est-il
en danger? — Oui, mes amis, répondait-elle les larmes aux yeux.
— Est-ce qu'il nous serait enlevé?
reprenaient les uns avec une dou-
loureuse émotion. — Oh! non, non,
il ne mourra pas, ajoutaient les autres, effrayés de ces paroles. » Tous
ensemble se livraient à des gémisse-
mens. Bientôt ils réprimaient leurs
plaintes, étouffaient leurs sanglots,
de crainte de troubler le repos du
bon pasteur. L'expression unanime
de leurs tendres alarmes parvenait
néanmoins à son oreille, et passait
jusqu'à son cœur, qui se remplissait
alors d'une joie consolante. « Ils
m'aiment donc comme des enfans
aiment leur père, se disait-il à lui-
même. » Ce doux sentiment lui cau-

saitun frémissement général qui ré-
chauffait son corps déjà glacé aux
approches du trépas.

Dès qu'il fut hors de péril, cette
nouvelle se répandit à la hâte dans
la paroisse. Voulant s'en assurer par
soi-même, chacun accourait ques-
tionner Madeleine. « Il est sauvé !
oui, mes amis. » Et elle pleurait et
riait tout à la fois. On ressentait sa
joie comme on avait partagé son
affliction : tout le monde se félici-
tait. « Entrez, disait Madeleine, vous
pouvez voir monsieur. » Puis elle les
poussait dans sa chambre. M. Hervey, levé sur son séant, s'attendris-
sait au milieu d'eux ; il les remer-
ciait avec cette effusion de cœur qui
lui était si naturelle ; de grosses
larmes coulaient sur ses joues livides. « Mon Dieu ! s'écria-t-il dans le
plus vif transport, je te rends grâces ;

tu ne veux pas encore séparer le
pasteur de son troupeau. Mes jours
avaient été comptés, et tu devais
en couper la trame ; tu l'as prolongée, comme au roi Ézéchias, à la
prière de ces fidèles. » A ces mots,
ils tombèrent à genoux auprès de
son lit. « Bénis-les, ô mon Dieu !
par l'entremise de ton indigne serviteur. Un nouveau temps d'épreuves
lui est accordé pour l'expiation de
ses péchés ; que ta volonté soit
faite ! » Épuisé par cet élan de son
âme, il retomba sans force sur son
oreiller. On s'approcha de lui, crai-
gnant la suite d'une pareille faiblesse ; mais il rassura bientôt tout
le monde par son doux sourire,
signe non douteux du genre d'émotion qu'il ressentait si vivement. La
vertu trouve donc, même ici-bas, sa
récompense.

Bientôt M. Hervey fut en état de reprendre ses occupations. Il commençait à y vaquer depuis plusieurs jours, lorsque M. d'Osmond, guidé par Michel, partit à pied des Rochers pour se rendre chez lui. En s'approchant du presbytère, situé tout près, et à l'est de l'église, il remarqua que plusieurs routes y conduisaient de la campagne. Sans doute la charité, accompagnée de la religion, en avait frayé plus d'une. M. d'Osmond aperçut une maison fort simple, de mince apparence, précédée d'un jardin clos d'une haie d'épines; il abondait en légumes les plus communs. M. Hervey en employait une très faible partie à son usage, ce qu'il y avait de moins bon, et le reste des produits de son jardin était distribué aux indigens. Il aurait aimé à le cultiver de ses mains, s'il avait cru pouvoir concilier ce soin très innocent avec ceux de son ministère. Ayant un grand esprit d'ordre et d'économie, il veillait seulement à son entretien et à l'utilité qu'il pouvait en retirer. Le jardinier n'agissait que d'après ses plans de culture, qui ne variaient point d'une année à l'autre. Et il épargnait de toute façon pour augmenter le petit trésor de ses aumônes.

M. d'Osmond, en entrant, fut surpris de l'extrême propreté qui régnait partout. M. Hervey était fort soigneux de la faire entretenir. Quelquefois il réprimandait doucement Madeleine à cet égard. La bonne vieille souriait de ses reproches, qui ne la blessaient point (la forme en était si affable!), et faisait en sorte de ne les plus mériter ensuite. M. d'Osmond trouva celle-ci dans la première pièce servant de cuisine. Occupée d'apprêter le dîner, elle était assise près du feu, et caressait un chat angora qu'elle tenait sur ses genoux.

« Peut-on voir M. le curé? » A cette question de M. d'Osmond, qui était entré sans frapper, la porte étant ouverte, Madeleine releva subitement la tête, et, étonnée de se trouver en présence d'un monsieur qu'elle ne connaissait pas, elle répondit avec hésitation : «Oui, monsieur, passez dans la chambre à côté. » M. d'Osmond s'y introduisit aussitôt. Michel, qui resta auprès d'elle, lui apprit ce qu'elle désirait savoir. M. d'Osmond vit M. Hervey assis devant une table à tiroirs, qui était son bureau de travail; au-dessus une bibliothèque, composée de plusieurs rayons, où des livres, la plupart reliés, étaient placés en

ordre. Les momens que les fonctions
du sacerdoce laissaient de libres au
digne M. Hervey, il les consacrait
à l'étude des livres saints, qu'il
considérait comme la nourriture de
l'âme. Imbu de cette idée, il s'était
approprié effectivement l'inscription
philosophique qu'on lisait au-devant
de la fameuse bibliothèque des Pto-
lémées d'Égypte : « Remèdes de
l'âme. » Mais ces caractères senten-
tieux, écrits sur la sienne, et quoiqu'ils eussent pu figurer là plus con-
venablement, ne lui auraient rien
appris.

M. Hervey avait l'esprit tellement
absorbé par l'attention donnée à sa
lecture, qu'il ne se tourna point au
bruit que fit M. d'Osmond en entrant. Celui-ci le salua à haute voix,
attendant sa réponse, dont il attribuait le retard au désir de terminer

un travail touchant à sa fin. Après
quelques momens d'attente, il s'approcha plus près, réitérant ses salu-
tations, qui, cette fois, furent en-
tendues. « Ah! monsieur, je vous
demande pardon, dit M. Hervey en
se levant, je m'aperçois que j'ai été
impoli sans le vouloir; veuillez en
recevoir mes excuses. — C'est moi
qui vous dois les miennes, répondit
M. d'Osmond, pour venir vous dé-
ranger dans votre travail. »

Il y eut échange de civilités réci-
proques. M. d'Osmond vit un homme
de trente à trente-six ans tout au
plus. Son physique grêle annonçait
un affaiblissement précoce. Ses cheveux rares et grisonnans en étaient
le signe évident, de même que l'air
vieilli de toute sa personne. Le sujet
de la visite fut expliqué en peu de
mots. Il n'y avait pas de difficulté

à souscrire à une demande de cette
nature, selon M. Hervey, qui avait
déjà publié à l'église les bans des
futurs époux. Ainsi il était tout prêt
à faire la célébration du mariage,
tel jour de la semaine qu'il plairait
de choisir. M. d'Osmond prétendit
s'en rapporter à sa commodité, et
M. Hervey persista à ne vouloir consulter en cela que le désir de la famille. Ils s'accordèrent enfin, le jour
fut désigné. Après de sincères re-
mercîmens, auxquels M. d'Osmond
mêlait l'expression sentie de l'estime
et du respect que lui inspirait M. Hervey, il lui fit confidence des mal-
heurs de la famille. Il en versait le
triste récit dans son sein, mu par
l'impulsion d'une confiance née sur-
le-champ. Le bon M. Hervey l'é-
coutait avec un intérêt très marqué.
Quand il vint à parler de Laure, de

sa position et de ses effets, les yeux
de l'ami de l'humanité souffrante se
remplirent de larmes. Dès lors il
conçut le désir de chercher des allé-
gemens pour des maux que la Providence, en les mettant à la portée
de son zèle, lui avait peut-être réservé de soulager.

Il savait tout, c'est-à-dire ce que
le lecteur connaît, quand Madeleine
vint avertir qu'il était servi. Il dînait
au coup de midi; ses heures étaient
réglées, et la servante s'y confor-
mait strictement : la présence d'un
étranger ne devait point faire plier
la règle. M. Hervey, s'adressant à
M. d'Osmond : « Oserais-je, monsieur, lui dit-il, vous prier de par-
tager mon frugal repas? » M. d'Osmond s'en excusa sur la différence
des heures auxquelles il était accou-
tumé de prendre de la nourriture;

mais il demanda à M. Hervey la permission de l'entretenir à table, ce
qui lui fut accordé de la meilleure
grâce du monde. M. d'Osmond était
peut-être devenu tout à coup un peu
trop familier, mais il désirait prolonger sa visite le plus long-temps
possible.

Quoique ce fût un jour gras, le
dîner ne consistait que dans un plat
de légumes assaisonnées en maigre.
Sur la table, une carafe d'eau pour
toute boisson ; au dessert, quelques
fruits de la saison et un coin de
beurre. Le repas était vraiment frugal ! M. d'Osmond ne put s'empêcher d'en faire la remarque. « Si
vous aviez consenti à y prendre part,
répondit obligeamment M. Hervey,
on y aurait ajouté quelque chose
pour vous, et une boisson plus cordiale. Je me contente de peu, n'en

éprouvant aucune privation. Soyez persuadé, monsieur, que l'habitude de vivre très simplement rend légers les sacrifices que l'on s'est imposés d'abord. » M. d'Osmond ne le loua pas de sa sobriété ; il sentit que les manières franches d'un tel homme repoussaient tout éloge. « Mais, dit-il, puisque vous avez la bonté de m'initier dans votre intérieur et le secret d'un genre de vie si peu ordinaire, me permettrez-vous de vous demander si le soir votre repas n'est pas plus substantiel ?—Il l'est moins, répondit en souriant M. Hervey, une jatte de lait et une croûte de pain me suffisent. » M. d'Osmond ne revenait pas de sa surprise. « Et le matin ? ajouta-t-il. — Rien, répondit encore M. Hervey, continuant de sourire. — Monsieur, monsieur ! prenez garde ; vous détruisez visi-

blement votre santé. A votre âge,
il me semble qu'elle pourrait être
meilleure. — J'ai trente-quatre ans,
monsieur, mais l'altération de mes
traits vient d'une autre cause que de
mon régime végétal, qui me con-
vient par goût. » Il soupira; on se
leva de table. M. d'Osmond ne tarda
pas à prendre congé de M. Hervey.
Il se disait en s'en allant : « Cet
homme me paraît bien estimable !
son ton, ses manières appartiennent
à quelqu'un qui a vécu dans la bonne
compagnie. Il n'est pas ce que je
m'étais figuré avant de le voir. » Et
il se proposait, chemin faisant, de
lier une connaissance plus particulière avec M. Hervey. L'occasion ne
pouvait manquer de s'en présenter
bientôt, puisque l'engagement de
paraître aux Rochers avait été pris
par le pasteur.

CHAPITRE X.

Projet conçu et abandonné. — Cartel anonyme. —
Poltronnerie d'un valet. — Dénoûment d'une intrigue.

———

Un mariage à la campagne est un
événement qui intéresse les voisins,
jeunes filles et jeunes garçons surtout, par l'espoir d'en former eux-
mêmes l'heureux lien. On parlait
donc à la ronde de celui qui se pré-
parait, mais diversement, chacun
suivant la nature de ses impressions
particulières. Marie était une jolie

14.

fiancée, et le bonheur de Michel
faisait des jaloux. Les mères s'éten-
daient complaisamment en louanges
méritées sur les bonnes qualités du
futur, tandis que leurs filles écou-
taient sans rien dire, recueillant au
fond du cœur la flatteuse espérance
d'être un jour aussi bien partagées
du côté de l'hymen que la compagne
qu'elles allaient perdre.

Kersan fut naturellement instruit
de ce qui faisait le sujet des conversations après les travaux de la jour-
née, lorsque, revenue des champs,
chaque famille, assise autour de la
table longue, prenait le repas du
soir. Toujours désireux d'éclaircir le
doute qui tourmentait son esprit,
soit que ce fût une fausse préven-
tion, ou voix secrète, il avait formé
le projet de s'assurer par lui-même
de ce qu'il devait enfin croire du

témoignage suspect de ses yeux, ou
de l'explication contraire donnée
par Justine. En résultat, elle ne
l'avait point satisfait entièrement;
et les renseignemens obtenus avec
peine du fermier Jean, avaient con-
tribué en quelque sorte à maintenir
son incertitude. Vainement il avait
déjà tenté plusieurs fois, en rôdant
autour du château, d'épier celle qu'il
désirait revoir. Ses recherches n'a-
vaient pas été plus heureuses à l'é-
gard de personnes dont la rencontre
eût pu lui servir d'éclaircissement.
D'ailleurs Laure ne sortait plus, à
cause de la faiblesse de sa santé,
toujours croissante, bornant désormais ses promenades à l'enceinte du
parc. « Si une première vue m'a fait
illusion, se disait Kersan, un second
examen plus attentif confirmerait,
ou bien détruirait tout-à-fait mes

soupçons. Mais le moyen de m'en
approcher? »

Dans cette perplexité, il eut
connaissance du mariage qui, devant avoir lieu aux Rochers, lui
fournissait l'occasion favorable qu'il
avait inutilement cherchée jusqu'a-
lors. En pareille circonstance, on
permet ordinairement aux curieux
d'être témoins de la cérémonie.
Ainsi il comptait bien en profiter;
mais, par mesure de prudence, il
ne voulait pas se montrer dans la
chapelle, afin de ne point attirer
l'attention sur sa personne. Se tenant en dehors et à l'écart, il ne lui
serait pas moins facile d'observer
juste, car il verrait entrer ou sortir
tout le monde à peu de distance.
La jeune personne et sa famille devaient honorer la célébration de leur
présence, on le savait positivement.

Il se trouverait donc à portée de la
voir, de manière à ne point se trom-
per. Si ses doutes se vérifiaient, il
n'aurait pas à craindre d'être reconnu
de qui que ce soit, se fiant sur les
précautions de déguisement qu'il
avait déjà prises dans une autre intention. Tel était son plan arrêté,
lorsqu'un incident tout-à-fait inat-
tendu vint subitement y mettre obs-
tacle.

Le jour même de la visite de
M. d'Osmond au presbytère, Kersan reçut un billet sans signature,
écrit d'une main qui lui était parfaitement inconnue, et conçu en ces
termes : « Sous votre déguisement
maladroit, j'ai su découvrir qui vous
étiez. A espion, espion et demi, entendez-vous, monsieur le chevalier?
Apprenez que ma vue perce mieux
que la vôtre; notre but aussi est très

différent. Vraiment votre rôle est
aimable! le mien ne vous le paraîtra
pas autant. Au nom de l'honneur,
je vous invite à prendre une autre
voie pour conserver une conquête
encore mal assurée. En un mot, je suis
votre rival!... Puisque vous n'êtes
pas le seul à prétendre à la main de
madame de M....; voyons si la fortune vous sera toujours favorable.
Je me persuade, monsieur le chevalier, que vous ne refuserez pas de
vous soumettre à une telle épreuve :
votre courage est sans doute digne
de la soutenir. Garderait-il aussi
l'*incognito?*... Dans l'espoir de le
mettre en jeu, je vous attends demain matin, à cinq heures précises,
à l'entrée du bois-taillis où vous
allez souvent rêver pour passer le
temps.

Pour cette fois, dispensez-vous,

monsieur, d'apporter votre *album* et
vos crayons. » . . . .

P. S. « Comme vous êtes *l'heu-*
reux jusqu'à présent, et que je n'ai
pas le bonheur de plaire, même en
me donnant la peine de le vouloir,
permettez-moi de cacher mon nom ;
je pourrai vous l'apprendre les armes
à la main, qui seront à votre choix,
si vous n'acceptez le pistolet. »

La lecture des premiers mots de
ce billet anonyme avait inspiré tout à
coup d'étranges soupçons à M. Kersan, qui se crut deviné par la personne à laquelle il avait pour lors
le plus d'intérêt de ne se point faire
connaître. Qu'eût-elle pensé en effet
d'une méthode de surveillance ac-
tive, fort peu d'accord, ce semble,
avec une confiance honorable, dont
elle aimait sans doute à se croire
digne ? On pouvait facilement en

induire un penchant naturel à la
jalousie, quoi que M. Kersan pût
prétendre pour se justifier. Mais lui
raisonnait autrement : et, selon sa
manière de voir les choses, s'il
voulait prendre les renseignemens
les plus exacts par ses propres yeux,
ce n'était pas un juste motif de lui
supposer des sentimens qui n'é-
taient point les siens. Cependant il
ne se dissimulait pas ce que sa
conduite mystérieuse avait d'ombrageux et d'équivoque. Au reste,
la suite et la fin du billet le désabu-
sèrent bientôt de ses premières inquiétudes, en lui faisant voir clairement que c'était un cartel en forme,
qui lui était dépêché par un rival
malheureux. Le style, qui lui en
parut ironique et fort inconvenant,
irrita sa fierté de caractère au point
de le faire sortir ainsi lui-même des

bornes de la modération. « On n'est
pas plus insolent ! s'écria-t-il avec
colère. Ah ! vous jouez sur les mots,
monsieur l'inconnu, en demandant
si mon courage garderait aussi l'*in-*
cognito ! Que vous méritez bien une
bonne leçon, qui sera la réponse à
toutes vos impertinences ! Demain
matin, oui, à cinq heures très précises, je ne vous laisserai plus rien
à désirer. » Ensuite il ajouta d'un
ton de voix moins animé : « Quel
est ce rival qui se cache ? Il a été
éconduit, très certainement; mais
comment a-t-il su me pénétrer ? J'i-
gnorais jusqu'aujourd'hui en avoir
à craindre, surtout à mes risque et
péril. C'est sans doute un jeune gentilhomme des environs, piqué d'un
refus dont me voilà responsable au
jugement de Dieu. Eh bien ! nous
verrons, *puisque la plainte est pour*

le sot. » S'arrêtant sùr ces derniers
mots, et en y réfléchissant, il ajouta
encore : « Mais s'il m'a découvert,
une autre personne, non moins intéressée à le faire, peut y parvenir
également. D'ailleurs *ce fat, aimant
le bruit,* se fera peut-être un jeu
méchant de son indiscrétion. Dans
quelle fausse position me suis-je
placé !... et cela par ma faute ! »

Le propre aveu de son imprudence devenait un reproche de mé-
contentement contre lui-même : ce
duel proposé pour le lendemain en
était la cause présente, ainsi que
ses inquiétudes d'une autre sorte,
qui, toujours là, ne faisaient que
changer d'objet, suivant le cours de
ses idées. Néamoins son esprit, se
lassant de parcourir le même cercle,
dans cette fluctuation pénible, l'a-
mour-propre reprit bientôt le des-

sus; et, pour se distraire d'un si
triste sujet de rêverie, il finit par
tout rapporter à son rival. C'était
celui-ci, selon Kersan, qui devait
encourir tous les reproches, en venant se jeter à la traverse pour satisfaire un vain dépit d'inutile jalousie.
D'ailleurs, puisqu'il avait consenti à
se mesurer avec lui, ne fallait-il pas
bien par avance se remplir le cœur
d'un ressentiment opportun? Une
provocation téméraire de sa part en
offrait le motif ou le prétexte plau-
sible à son impatience actuelle, en
sorte qu'il ne songeait plus qu'aux
moyens et à l'instant de punir cet
inconnu.

Dans cette disposition de cœur,
produite par le besoin de la faire
naître, il appela Dupré. « Mes pistolets sont-ils en état? demanda-t-il
à son valet. — Oui, monsieur, ré-

pondit Dupré fort étonné de cette question subite et imprévue.—Montre-les-moi, reprit Kersan. » Dupré les lui remit. « Ils sont chargés, ajouta-t-il après les avoir examinés ; il ne faut pas qu'ils le soient, on les chargera en sa présence et sur le lieu ; tu me comprends, Dupré ? »

Dupré demeurait en silence, attendant les explications désirables. Alors Kersan le mit au fait en peu de mots du but et du motif de ses questions. « Quoi ! monsieur, vous allez vous battre ! s'écria Dupré d'un ton d'effroi véritable. — Oui, et tu viendras avec moi, demain matin, de grand matin, répondit Kersan avec tranquillité : ne manque pas de m'éveiller au point du jour. — Et avec qui, monsieur, s'il vous plaît ? continua Dupré uniquement préoccupé de sa première question.

— Ma foi! je n'en sais rien, lui dit
son maître. — Se peut-il vraiment
que vous l'ignoriez? reprit Dupré.
— Tout ce que je sais, ajouta Kersan, c'est un rival qui ne se nomme
pas. » Il y eut une pose dans cet endroit. « Est-il bien nécessaire que je
vous accompagne, monsieur? demanda ensuite Dupré d'un air suppliant, à dessein de faire refuser son
service. — Que crains-tu? d'entendre à tes oreilles siffler une balle
qui ne saurait t'atteindre? » A ces
mots Dupré fit un mouvement ré-
trograde. « Oh! ce n'est pas cela,
monsieur, bien certainement. —
Comment! mon brave, tu trembles
déjà? Songe donc que tu ne seras
que témoin. — C'est cela même qui
m'effraie, monsieur : être témoin
peut-être de votre mort! J'aimerais
mieux m'exposer moi-même.... —

Eh bien! libre à toi, répondit Kersan qui voulut se faire un jeu de
son embarras; mon adversaire aura
sans doute un second, je te ferai
passer pour mon égal, et, en cette
qualité, vous pourrez lier partie ensemble. Le combat deviendra conforme alors aux anciennes règles de
la chevalerie. — Grand merci! répliqua Dupré, j'aime mieux rester valet, et ne point me faire tuer selon
les us et coutumes du temps passé.
— Poltron! — Oui, monsieur, par
système, comme vous de courir les
chances du déguisement. » Le visage
de Kersan se rembrunit tout à coup;
mais, reprenant bientôt sa gaîté ap-
parente : « Voilà donc, dit-il, d'où
vient toute ta peur! Tu crains que
je t'expose comme un brave et valeureux champion! Sois tranquille,
ta vie ne court aucun danger. — Et

la vôtre, monsieur? reprit Dupré. »

Kersan répliqua avec impatience :
« Ne t'en inquiète point en paroles;
obéis seulement, et sois prêt à exé-
cuter ponctuellement mes ordres.
A demain matin, de grand matin !
— Oui, monsieur, soupira Dupré. »

Pendant la nuit, qui fut quelque
peu orageuse pour le maître et le
valet, ni l'un ni l'autre ne goûtèrent
le repos par des motifs tout différens.
Dupré, tourmenté d'une crainte excessive dans l'intérêt de sa propre con-
servation, eût préféré rester éloigné
du lieu de la scène, que d'être témoin
d'un malheur probable pour l'un des
deux rivaux. D'ailleurs, sous un rapport, sa fortune se trouvant en quelque sorte liée au salut de Kersan, si
celui-ci périssait victime du sort trop
incertain des armes, que devien-
drait-il ensuite lui-même, privé d'un

maître qui payait fort généreusement
ses services? Il lui eût été difficile
d'en rencontrer un semblable, si
libéral avec son monde.

Des pensées d'un autre ordre as-
saillaient en foule l'esprit agité de
Kersan; et l'égoïsme calculé d'un
valet, quoique de nature à lui cau-
ser des impressions tristes, n'entrait
alors pour rien dans ses sombres réflexions, qui tenaient la place du
sommeil fuyant ses paupières ap-
pesanties. La sanglante image d'un
combat fatal, dont les heures rapides,
par leurs coups successifs et retentissans sur l'airain lugubre, semblaient
hâter la tardive approche, était là
présente sous ses yeux; car on ne se
prépare point à exposer sa vie contre
un ennemi, déclaré pour tel, sans
éprouver un certain trouble, avant-
coureur du danger, surtout quand

on n'est mu par aucune passion hai-
neuse. Ce rival lui paraissant un
prétendant éconduit, ne pouvait lui
inspirer par lui-même qu'une par-
faite indifférence. Si le ressentiment
parlait à son cœur, ce n'était donc
que sous le rapport d'une provocation jalouse, excusable jusqu'à un
certain point; mais, ce qui pouvait la rendre plus injurieuse, c'est
qu'elle était conçue dans un style
qu'il jugeait offensant pour la délicatesse de son honneur. C'est pourquoi, désireux d'accorder ses propres sentimens avec une situation
nouvelle, il s'efforçait de se rappeler, pour ainsi dire, les moindres ex-
pressions de la lettre qui pouvaient
l'aigrir davantage ; et, s'attachant
avec une sorte de plaisir aux plus
outrageantes, afin de s'exciter à la
vengeance, de temps en temps, à

la clarté de la lune, il jetait un regard d'impatience sur ses pistolets,
déposés sur la table de chêne, au
milieu de la chambre.

Enfin le chant matinal du coq,
qui, donnant le signal du réveil,
arrache au repos bienfaisant le la-
boureur encore fatigué des travaux
de la veille, se fit entendre par trois
fois. « Dupré! levons-nous! » Tel
fut l'ordre très laconique de Kersan
à son valet. Celui-ci sentit bien qu'il
fallait obéir sur-le-champ : aussi
point de réponse de sa part. On
s'apprêta en silence, le chevalier n'i-
gnorant pas qu'il devançait l'heure
du rendez-vous. « J'y serai le premier, murmurait-il entre les dents.
Allons, Dupré, prends mes pistolets, j'ai ce qu'il faut, au reste, et
descendons. » Cela était dit d'un ton
qui ne souffrait pas de réplique.

En passant près de l'église, on entendit sonner quatre heures. « Encore une d'impatience! se dit à lui-même M. Kersan. » En traversant le cimetière, son pied alla heurter une vieille croix plantée sur une tombe ancienne et couverte de mauves et d'asphodèles, dont les feuilles, d'un vert foncé, laissaient couler vers cette terre en deuil une rosée de larmes. « Mauvais présage!» soupira Dupré en secouant la tête de manière à n'être point entendu. Kersan pressa le pas, sans doute pour s'arracher au plus vite d'un lieu où peut-être, dans sa pensée, il ne devait plus rentrer comme à présent.

Sorti du cimetière, la circulation de son sang devint plus libre, rafraîchi par l'air pur du matin. Le calme d'un courage tranquille se rétablit peu à peu dans son âme ca-

pable d'une résolution forte ; et,
arrivé à l'endroit marqué, il parut
jouir de tout son sang-froid.

Cinq heures sonnent, personne
ne vient encore. Après quelques momens d'inutile attente, il ne peut
s'empêcher de dire avec un sourire
amer : « L'homme au cartel n'est
pas celui du rendez-vous. »

Cependant, dans le chemin étroit
qui longe le bois-taillis, le bruit d'un
cheval au galop se fait entendre tout
à coup : Kersan et Dupré attentifs
prêtent l'oreille. Ses pas précipités et
retentissans sur la terre causent à
l'un une vive émotion de frayeur
qui se communique subitement à
tous ses membres, tandis qu'ils sont
pour l'autre un avertissement secret
que le moment du danger est celui
de la bravoure. « Le voilà donc ! »
A peine ces mots de satisfaction

sont-ils sortis de la bouche du chevalier Kersan, que le cavalier, paraissant aussitôt à sa vue, met pied
à terre. Au premier coup-d'œil, l'im-
patient chevalier juge fort bien que
son prétendu rival a dû éprouver une
défaite par avance. Mais il se trompe
à quelques égards : l'homme qui se
trouve placé devant lui n'est point son
rival ; et bientôt il est complètement
désabusé d'une erreur fort naturelle
par ces mots explicatifs que le nouveau venu lui adresse, chapeau bas,
en le saluant respectueusement :
« Monsieur, voici un billet de la personne qui ne peut venir. » Sans
attendre de réponse, il met le billet
dans la main de Kersan, remonte
vitement à cheval, pique des deux,
et reprend sa route au galop.

Kersan, surpris, comme on le peut
penser, de recevoir un message au

lieu de l'accomplissement d'une promesse toute différente, s'empresse
d'y chercher une explication par
la lecture du billet ainsi conçu :
« Malheureux, j'ai provoqué mon
rival ; heureux, j'y renonce, monsieur le chevalier, à moins que vous
ne désiriez absolument le combat
entre nous; mais alors venez me
trouver au château d'Étrelles, où
j'ai déjà mon appartement réservé. »

　　　　« Adolphe de G.... »

　« Ouf! nous voilà hors de péril !...
Bravo ! s'écria joyeusement Dupré
en entendant la lecture du billet,
sans penser que le cadeau de noces
allait vraisemblablement lui échapper. — Serais-je sa dupe et l'objet
d'une mystification sérieuse? » demanda Kersan avec l'accent de la
colère. Car ce second billet était
une nouvelle injure, et il en résul-

tait pour lui un changement fâcheux
de situation avec ce singulier rival,
qui ne taisait plus son nom, en-
hardi sans doute par un succès in-
espéré. « Quoi ! ajouta-t-il, il m'aurait supplanté en si peu de temps !
À l'en croire, il aurait déjà un appartement de réserve au château... C'est
impossible ! Il faut que j'éclaircisse,
sans plus tarder, cet étrange mystère, et que je me rencontre enfin
face à face avec cet inconnu, qui a
jeté le masque, et qui se fait je ne
sais quel traître plaisir de me pro-
voquer pour m'éviter ensuite. »

Son parti fut donc pris sur-le-
champ ; et il se dirigea en toute
hâte vers le château d'Étrelles, qui
n'était éloigné de là qu'à une très
petite distance.

Bientôt il se présente à la porte d'entrée, et demande à parler à M. Adol-

phe de G..... On lui répond que pré-
sentement il se promène dans les jardins avec madame de Marcille, et
l'on invite M. le chevalier à s'y rendre. Cette nouvelle est pour lui un
coup de foudre précédé de l'éclair ou
trait de lumière. Madame de Marcille tête à tête avec un jeune homme, son rival, dans un lieu écar-
té !.... En voilà assez, ce lui semble, pour l'instruire de tout. Il hésite donc de passer outre, et est
tenté de s'éloigner à jamais, sans
plus d'éclaircissement. Néanmoins
une réflexion le retient, c'est-à-dire
un désir de vengeance s'étendant à
son rival et à madame de Marcille.
« Je veux forcer le premier, pense-t-il en lui-même, à me rendre
raison de sa provocation insolente,
et en sa présence accabler la perfide
des plus justes reproches. Que sa

conduite avec moi les mérite bien !
Une femme si peu digne d'être ai-
mée par un homme délicat ! » C'est
presque toujours un faux orgueil,
et non le sentiment blessé de l'affection exclusive, qui fait ainsi parler
les amans malheureux à l'égard de
leurs maîtresses devenues infidèles.

Ne prenant conseil que de son
dépit, Kersan se précipite dans les
jardins, court, s'agite, regarde de
tous côtés, et craint surtout de rencontrer ce qu'il cherche. Un jardinier interrogé par lui, indique au
chevalier la retraite des deux personnes qu'il confond maintenant dans
sa jalouse rage. C'est sous un bosquet éloigné qu'elles sont allées se reposer d'une longue promenade sur
la terrasse du jardin. De tels renseignemens obtenus avec d'autres circonstances non moins remarqua-

bles, percent son cœur de nouveaux
traits déchirans. La vue du bosquet
lui fait autant de mal que le nom
dans la bouche du jardinier, qui l'appelle le *bosquet d'amour*. Il s'en approche lentement, le cœur cruelle-
ment oppressé de je ne sais quels sentimens divers.... Amour, jalousie,
haine, s'en disputent la possession,
partagé qu'il est entre ces passions si
différentes, il est vrai, mais liées les
unes aux autres par de secrets rap-
ports. S'efforçant de rappeler le calme
dans son âme bouleversée, en vain
s'arrête-t-il de temps en temps
comme pour essayer de prendre un
maintien moins agité et plus conve-
nable! Tout à coup, cédant à leur
impulsion irrésistible, et l'imagination en délire, il s'élance impétueu-
sement vers le bosquet. A son appa-
rition soudaine, madame de Mar-

cille se levant à la hâte, jette un cri
de surprise, auquel Kersan, trop pré-
venu, ose donner une autre interpré-
tation tacite, et retombe assise auprès de M. Adolphe de G.... Celui-ci
prend alors froidement la parole en
ces termes : « Je m'étonne, dit-il à
Kersan, debout à l'entrée du bosquet, et contraignant avec peine
l'explosion de sa fougue impatiente,
je m'étonne, monsieur, que vous
osiez vous présenter ainsi à l'impro-
viste devant madame, surtout avec
des manières dont l'impolitesse est
si choquante : moi-même j'aurais
droit de m'en offenser peut-être... —
Il paraît, monsieur, réplique aussitôt Kersan avec une vivacité ironique, que vous suivez toujours le
même système de plainte; mais heu-
reusement pour le coupable, l'effet
ne suit pas de près la menace. —

C'est mal me juger, monsieur, reprend Adolphe de G... sans se dé-
concerter : j'espère, ajoute-t-il, que
tout à l'heure vous me rendrez plus
de justice. Soit! monsieur, je le désire sincèrement, répond Kersan du
ton de l'aigreur, mais il me semble
que vous êtes cause qu'elle se fait
bien attendre. — Il le faut ainsi,
monsieur, observe Adolphe de G...
avec le plus grand flegme, et trop
de précipitation eût tout perdu : sur
ma parole, l'événement désiré n'en
aura pas moins lieu. — Prenez-y
garde, monsieur, dit Kersan fei-
gnant mal une modération prête à
lui échapper à chaque mot, voilà
encore une promesse révocable ! car
la première, énoncée en termes si
formels, si précis, est sans consé-
quence jusqu'à présent. — Si je ne
l'ai pas remplie à l'heure dite, pour-

suit du même ton flegmatique Adolphe de G..., c'est dans votre intérêt seul, monsieur, et par mé-
nagement calculé. — Je vous re-
mercierais d'une bienveillance aussi
généreuse, repart impatiemment
le chevalier, si cela ne ressemblait
un peu trop à l'air du mépris; et
pour nous remettre chacun à notre
place, vous savez, monsieur, lequel
des deux a devancé l'autre, non pas
en vaines paroles, mais en actions.
— Je ne veux en rien l'oublier, monsieur; d'ailleurs mon sort est trop
précieux, ajoute Adolphe de G... en
changeant de propos par allusion
au langage de Kersan, pour que je
consentisse librement à l'échanger
contre le vôtre. — Je vous entends,
monsieur. » Cette réponse de Kersan
fut suivie d'un léger sourire de madame de Marcille, qui ne paraissait

nullément effrayée de la tournure du
dialogue. « Jouissez-en sans partage, reprend Kersan du ton le plus
ironique ; je ne suis point assez en-
vieux pour vous en disputer la possession. — A parler franchement,
monsieur, répond Adolphe de G....
dont le flegme était toujours le
même, j'ai quelques droits sur son
cœur, qu'il vous serait assez difficile de m'enlever. — Aussi n'y pré-
tends-je point, réplique Kersan d'un
ton dédaigneux ; l'assurance de votre
déclaration et le silence sans doute
affirmatif de madame, ne m'ap-
prennent que trop quelle serait l'in-
utilité de mes efforts. Au reste, je
me condamne très facilement à l'im-
puissance. — Oui, monsieur, dit
alors madame de Marcille un peu
blessée des derniers mots qu'elle venait d'entendre, il est vrai que je

l'aime! J'aime M. Adolphe d'une
affection toute particulière. — Votre
aveu timide doit le toucher infiniment, madame, observe aussitôt Kersan avec beaucoup d'aigreur; il est
d'autant plus précieux pour lui, qu'il
vous fait tout oublier en sa faveur.
Ne serait-il pas aussi la juste mesure
d'une constance à toute épreuve?
C'est au moins une qualité aimable
que je me plais à reconnaître entre
beaucoup d'autres. — Brisons là,
monsieur, et trève de sarcasmes, dit
Adolphe de G.... en se levant de sa
place, et paraissant s'échauffer enfin : on ne saurait les excuser, même
eu égard au déplaisir que vous de-
vez ressentir de votre situation. Épar-
gnez-moi de vous le redire. — Il
s'ensuit, réplique Kersan sans se
troubler, que vous pourriez alors
oublier votre sage retenue et l'a-

journement de vos dangereuses pro-
messes. Au surplus, mon intention
n'est point de manquer au respect
que je dois à madame, quelque blâ-
mable que soit sa conduite. — Fort
bien ! monsieur, répond madame
de Marcille en l'interrompant. —
Mais quant à vous, monsieur, ajoute
Kersan ne prenant plus soin de se
déguiser, sachez que dans mon cœur
indigné un sentiment tout contraire
a pu déjà prévaloir sur l'estime. — Les
insultes, monsieur, vous sont fami-
lières, repart Adolphe de G.... ayant
peine à contenir son embarras. — Insultes ! réplique vivement son inter-
locuteur ; elles sont ici les vôtres, et
vous y joignez la faiblesse, que vous
appelez de la modération. — Sor-
tons, monsieur, répond Adolphe de
G... d'une voix étouffée... par le rire
qu'il ne pouvait plus comprimer. »

« A merveille ! mon frère, vous jouez votre rôle à ravir ! » Cette exclamation donnant à la scène une face imprévue, est prononcée en riant par madame de Marcille. « Son frère ! qu'ai-je entendu ? s'écrie à son tour Kersan. Quoi ! madame, il est… —Oui, monsieur, mon frère, et vous un fou d'en agir ainsi. »

Kersan, tout-à-fait interdit, ne revenait pas de sa surprise, et ce simple éclaircissement rendait sa situation vraiment embarrassante ; car enfin il se voyait joué, complètement joué, mais sans trahison pourtant, de sorte qu'il rougissait de sa colère et de ses emportemens comiques. Madame de Marcille, satisfaite du présent, eut pitié de sa confusion, et, voulant abréger cet état de gêne autant que possible, elle se borna

à lui dire, avec une douceur de voix
dont les femmes connaissent si bien
le charme dans l'occasion : « Eh bien !
monsieur !... » A ces mots, insigni-
fians d'eux-mêmes, sans l'expression encourageante qui s'y trouvait
jointe. Kersan sentit renaître, comme
par un effet électrique, son enjouement naturel. «Permettez, madame,
dit-il en s'approchant avec un air
de repentir et cherchant une excuse
de ses procédés hautains dans le
piége adroit où il était tombé, *j'étais
donc votre dupe ?* — Non, monsieur,
mais aussi *je n'étais pas la vôtre.* Pour
me venger de votre *incognito,* dont le
secret m'a bientôt été connu, j'ai
tout conduit, à l'aide de mon frère,
qui s'est passablement acquitté de
son emploi, comme vous pouvez en
juger vous-même. — On ne peut

mieux, madame ! — Lui pardonnez-
vous, monsieur, ainsi qu'à moi, cet
innocent badinage ? »

L'invitation était si gracieuse, qu'il
eût été difficile à Kersan d'y résister.
N'avait-il pas des torts de conduite
à expier lui-même ! C'est donc un
genou en terre qu'il en demanda
pardon ; et ce pardon, à charge de
revanche, fut scellé par un baiser
sur la main de madame de Marcille,
dont la petite intrigue, toute innocente qu'elle pût être, faisait bien
l'éloge de son habile coquetterie,
mais non d'un cœur exempt d'arti-
fice. Kersan ne tarda pas à faire cette
réflexion sensée ; mais il céda, sans
y songer d'abord, aux attraits sédui-
sans de madame de Marcille et à la
joie décevante d'être échappé au malheur imaginaire de l'avoir perdue.

Adolphe de G,.... frère utérin de madame de Marcille, et jusque-là inconnu de Kersan, acquit bientôt, par ses manières affables, l'amitié de celui-ci, quoique commencée sous de singuliers auspices. On ne lui offrit point d'appartement au château par raison de bienséance; mais ses entrevues avec madame de Marcille devinrent très fréquentes; et, séduit par le prestige de ses charmes, il ne s'occupait plus que du bonheur en expectative de la posséder selon ses illusions. Le jour du mariage fut fixé, de concert avec M. d'Étrelles, étranger à toute cette intrigue, et qui engagea Kersan à se rendre au plus tôt dans sa famille, pour en amener à la cérémonie les membres les mieux titrés. Obéissant à cette invitation, qui ne lui permettait

point le refus, il partit donc avec
l'impatience d'un prompt retour auprès d'une femme charmante à ses
propres yeux, et qu'il paraissait aimer passionément.

FIN DU TOME PREMIER.

TABLE

DES MATIÈRES.

———

FIN DE LA TABLE.

IMPRIMERIE DE POUSSIN,
RUE DE LA TABLETTERIE, Nº 9.

www.ingramcontent.com/pod-product-compliance
Lightning Source LLC
Chambersburg PA
CBHW050355030726
47503CB00006B/1872